目次

三島由紀夫

Ⅰ 「文化防衛論」批判

美の論理と政治の論理——三島由紀夫「文化防衛論」に触れて

1

私のここでの課題は、三島由紀夫氏が本誌（『中央公論』）七月号に書いた「文化防衛論」についての感想を述べるということである。この課題は、私にとって、本当をいえば、かなり愉快なはずのテーマである。というのは、私の知るかぎり、三島は、ある種の危険を冒しても、ものごとを率直に述べようとする人であり、しかもその発言は、私にいろいろと考えさせることが多いからである。三島という人は、世評によれば、それこそ海千山千のしたたかな才子であるのかもしれないが、私はほとんどそうは思わない。私見はいつか三島由紀夫伝めいたもので述べたことがあるが、私は三島を（国木田独歩流にいえば）一種の「非凡なる凡人」としか考えたことはない。そして、そういう愚直な人物の正直な発言というものは、近頃では稀少価値をさえもっているのではないかと思う。自分の眼で、自分の直覚でものごとをとらえることのできる人間は（少なくとも、もの書きの世界では）だんだんと少なくなっているのではないかと私はひが目で見ているのだが、三島はそうでない人物の一人に見えるからである。そして、そういう人物の書いたり、したりすることは、私などにはいつも共感と刺激の種になるからである。

たとえば、三島は先頃『葉隠』についての註釈書を刊行した。私は正直なところやれやれと思ったけれど、その気持はわからないことはなかったので、人にすすめられるままに推薦文めいたものを書いたことがある。しかし、その時も、三島という人物の、ほとんどなりふりかまわぬ精神には感心しないではおれなかった。『葉隠』を書いた山本常朝にいわせたならば、恐らく三島の註釈などは、つまらないイロニィに思えたかもしれないのに、三島は、私の想像では、それをあえて気にしなかったようである。そういうところに、私は稀少価値を認めるのである。

こんどの論文にもまた、三島の愚直さはハッキリとあらわれている。ただそこに提示された問題を考えることが「本当をいえばかなり愉快なはずのテーマである」などと言ったのは、実はこの論文が三島のエッセイとしてはあまり魅力がないからである。三島はこういうテーマを書かせたならば、もう少し刺激的な筆力をもつはずの文学者である。しかし、少なくともこの論文における三島は、「月並」よりも少し低いというのが私の印象である。

2

ただ、にもかかわらず、三島の提起した問題はやはり私を考えさせる。恐らく三島は忽卒にこの文章を書いたのかもしれないが、その基本的な論点は、誰もが避けて通ることのできないものであると私は思う。（という意味は、三島の問題提示など、はじめからナンセンスと考える人々も少なくないであろうと思うからである。）三島がここでやや遠廻しに提起しているのは、日本人の文化における天皇（この場合、天皇制、もしくは皇室、いずれでもよい）の意味づけは如何という問題である。そして、この問題は、これまでのところ、誰もが正直に、正確に答えたことのない問題ではないかと私は思っている。三島はいつもそういう答えがたい問題を契機としてその創作と行動を開始する傾向があるが、この場合もそれは同様である。日本人の文化とは何か、――その前に日本人とは何か、文化とは何か、という誰にも容易に答え得ないような問題がここには提示され、さらにその「防衛」ということが論じられている。その結論は「文化の全体性を代表するこのような天皇のみが究極の価値自体」であり、「天皇が否定され……るときこそ、日本の又、日本文化の真の危機」であるというものである。いいかえれば、日本人の文化としての一体性を保障しうるものは「天皇」だけであり、日本人が日本人たらんとするならば、「天皇」の「防衛」は必然であるというのがその骨子である。そのことは、私流にさらにいいなおせば、日本人のあらゆる文化的表現形態（いわゆる「文化」から生活・行動のすべての様式を含む）は、もし「天皇」を抜きにするならば、他の何らかの意味をもちうるとしても、決して日本の文化という統合的な意味はもちえないであろうということである。

　これは、一見するならば、ごく月並な伝統的日本ナショナリズムの主張をくりかえしたものにすぎない。凡そある民族の統一性を支える根拠がその文化的一体性にあることは、スターリンの教条をまつまでもなく自明のことである。そしてまた、日本文化の場合、「天皇」ないし「皇室」の伝統がその一体性の究極の根拠としてしばしば指示されるところに、日本のいわば特殊事情があることも、すでにひろく知られているとおりである。そのことは、それぞれの意味での天皇制否定論者といえども、正直に認めないわけにはいかない事実であろう。というより、日本における思想問題（政治学と美学とを含めて）が、たえず天皇制の肯定と否定をめぐって展開してきたことが、何よりもその事実の明らかな一証拠となるはずである。

　三島は、そのことを論証するために、まずこの論文の前半部をさいて文化の「再帰性、全体性、主体性」ということを説いている。この部分は、それを一読された読者には説明するまでもなく、凡そ「文化」の意味について、少しでも考えたことのある人々には自明のことがらであろう。「再帰性」というのは一般に「伝統」とよばれるものにほかならないし、「主体性」というのは、凡そ文化がたんなる日常的な慣習もしくは画一化に退行しないための根本条件にほかならない。いずれも当然のことを言ったものにすぎないが、もしここで三島の天皇=文化論の特質を明らかにしようとするならば、そのいわゆる「全体性」という考え方に注目するのがわかりよいかもしれない。「再帰性」も「主体性」もあらゆる時代、あらゆる地域における文化の必要な機能的条件にほかならないが、その「全体性」の意味においてこそ、実はそれぞれの民族ないし国民の文化的特質がもっともよく示されるはずであり、「文化概念としての天皇」という理念も、それと結びついて生まれるからである。三島のいう日本文化の全体性というのは、たとえば以下のように述べられるものである――

「……文化とは、能の一つの型から、月明の夜ニューギニヤの海上に浮上した人間魚雷から日本刀をふりかざして躍り出て戦死した一海軍士官の行動をも包括し、又、特攻隊の幾多の遺書をも包含する。源氏物語から現代小説まで、万葉集から前衛短歌まで、中尊寺の仏像から現代彫刻まで、華道、茶道から、剣道、柔道まで、のみならず、歌舞伎からヤクザのチャンバラ映画まで、禅から軍隊の作法まで、すべての『菊と刀』の双方を包摂する、日本的なものの透かし見られるフォルムを斥《さ》す。」

要するに、「芸術作品のみでなく、行動及び行動様式」を含んだ全体的人間集団の生の様式を文化と考えるということであるが、これもまた、それ自体尋常な考え方としてよいであろう。ただ、問題は三島の場合、それら多様な人間の生の諸様式に一定の意味体系を与えるものが、日本においては「天皇」以外にはないとするところにあろう。三島はそういう言葉を使っていないし、いくらか私の我流の概括になるかもしれないが、三島はここで一般に文化を文化たらしめる究極の根拠というべきもの、いわば文化の「一般意志」を象徴するものとして天皇を考えているといってよいであろう。むろんここでいう「一般意志」はルソーのいう意味である。すべての個人の特殊な利害関心にもとづく多様な意志の集合に対し、一つのネーションとしての統一的意味を付与するものこそ、絶対に誤ることのない自然法則のごとき「一般意志」である、というのがルソーであるが、三島が日本人のありとあらゆる行動（創作を含めて）に統一的な意味を与えるものを天皇であるとみていることは間違いないであろう。三島はあるていど用心ぶかく天皇を政治から引きはなしているから、それに対応させていえば、日本文化における美的一般意志というべきものを天皇に見出しているといえばよいかもしれない。

ここで唐突に「一般意志」などをもち出したように思われるかもしれないが、政治的な天皇制を「一般意志」によって説明する例は現代においてもないわけではない。たとえば、いわゆる「右翼」思想家の一人葦津珍彦氏はその著書『日本の君主制』の中の「天皇意思と一般意思」において、次のように述べている——

「ここで大御心（天皇の意思）というのは、アメリカ人が理解するような意味での一裕仁命の後天的思慮や教養から生じて来る意思なのではない。（略）それは分り易く言えば、日本民族の一般意思とでも言うべきものである。それは万世不易の民族の一般意思である。この民族の一般意思を日本人は神聖不可侵と信じているのである。」

三島は、そのようなカテゴリイによって日本文化の全体性の意味を説いていないが、恐らくそのようにパラフレーズしても不服はないだろうと私は思っている。なぜなら、彼のいう「防衛」という「行動」は、一般に「意志」を前提としないで成立するわけはないからである。

3

一般に日本文化の統合点を皇室に求めるという考え方は、それ自体久しい伝統をもつものである。三島のいうように、守るという行為にもまた、文化と同様の「再帰性」があるとすれば、三島の「文化防衛論」もまた、その先蹤をもたないわけはない。その原型はもっとも手近には三島自身の文学的故郷ともいうべき「日本ロマン派」の中にも求められるが（たとえばそのいわゆる「皇神《すめがみ》の風雅《みやび》」という発想を想起せよ）、私はむしろもっとさかのぼって、幕末維新期にか、もしくは北一輝あたりにそれを推定したいと感じる。というのは、三島はこの論文において、明治国家体制と天皇の関係について論じ、もしくは「二・二六事件のみやび」ということなども述べているからである。たとえば、北一輝における美と政治との交渉形態をはじめにとりあげて見ると、そこにはどこか三島の「文化概念としての天皇」に似た発想が含まれていることがわかるはずである。彼の処女作『国体論及び純正社会主義』は、読み方をかえるならば、最も美しい日本政治の形態は何かを追求した著作と見ることもできるのである。そのさい北がよりどころとした論証の方法は、周知のように進化論という科学の方法であった。彼は人間進化の行きつくところを、排泄作用も行わず、醜い（と北によってみなされた）男女の生殖行為をも必要としないような、天使のように美しい「類神人」への到達であるとしているが、そのようなラジカル進化論者北の眼に映じた日本の天皇は、「国家の生存進化のために発生し、継続しつつある機関なり」というものであった。この間の事情を詳しく説明することは省略するが、要するに北は、天皇を日本国家の到達すべきユートピアへの美しい意志の象徴とみなしていたのである。

北が天皇をきわめてロマン的な美的イメージとしてとらえていたことは、周知のところであろう。歴代の天皇の地位を説明して、あるいは「グレゴリオ七世の如くならず、大いに優温閑雅にして」とか、あるいは「他の強者の権利に圧伏せられたる時には優温閑雅なる詩人として政権争奪の外に隔たりて傍観者たり」とか、要するに皇室が日本の美の擁護者として存在したことを北は随所で述べている。そこには、ほとんど中世・近世を通じ草莽の中に伝承された朝廷への憧憬に似た感情が流露している。それは、日本ロマン派の同様な「風雅」への翹望とそれほどちがったものでもなかったのである。

こうした北の皇室憧憬は、その少年期以来の環境と教養にもとづくものであったとみてよい。「吾人は今なお故郷〔＝佐渡〕なる順徳帝の陵に到るごとに、詩人の断腸を思って涙流る」というような文字が『国体論』の中にはあるが、たしかに北の思想は、その弟昤吉のいうように「藩閥打破の民権思想と詩人的情操から来る勤皇心との不思議な結合」というべきものであった。とくにその明治天皇論を見るならば、彼がいかにロマン的な詩人と英雄の姿をそこに投射しているかは明白である。「詩人と英雄」「革命と詩人」などというのは由来ロマン派のお気に入りの発想であったが、北の著作を通じて同じものの貫通を認めることは容易である。

ところで、ここで北一輝をもち出したのは、三島の論文の中に「二・二六事件のみやび」という言葉があらわれてくる関係からであった。いいかえれば、それは美としてのテロリズムという考え方を示したものである。

もっとも北一輝の初期の思想の中に、直接にテロールを肯定する要素が含まれていたと見ることは、恐らく後からの溯及解釈である。彼はその『国体論』当時、革命家たちの間で大問題となっていた直接行動か議会政策かという論争においては、むしろ普通選挙による議会主義の拡大という平和的手段を考えていたと思われるし、後年の『日本改造法案』に明示されたような、戒厳令下のクーデタという思考が発生するのは、やはりその後における彼自身の体験と日本内外の情勢の変化によるものと見るべきであろう。テロールがそれ自体として重要視されていたとは、その青年期についてはいえないように私は考えている。

ただ、彼の国家理論の中には、必要に応じて対外戦争というテロールはもとより、国内的なテロリズムをも正当化するような構造が積極的に含まれていたことは否定できない。そしてその構造というのは、実はフランス革命期に始まる古典的テロールの正当化と正確に一致するようなものであった。

つまり、フランス革命後におけるジャコバンの恐怖政治は、ある意味ではルソーのあの

「一般意志」の必然的帰結であったとされるように、北の国家思想において考えられた国家の究極的意志もまた、その意志に背反するものを強力的に矯正しうるという意味を含んでいた。北の場合、ルソーの「一般意志」に相当するものが、国家意志の「最高機関」としての「天皇と国民」にほかならないことは『改造法案』冒頭に述べられた「天皇ハ全国民ト共ニ国家改造ノ根基ヲ定メンガタメニ、云々」という有名な文字を見ても明かである。すなわち、ここでは、天皇の個人的意志ではなく、天皇＝国民の意志が一般意志とされている。このような仮定が成立つのは、北における独特の国家人格実在説と歴史論とが前提とされているからであるが、ここではその点を詳論する必要はない。ただ、テロールについていえば、それは国民の一部による他の国民に対する暴行などではなく、ちょうど神のように必然的に実在し、必然的に真・善・美であるような一般意志の自己実現過程にほかならないことになる。北の場合でいえば、あらゆる正常なテロールは、天皇＝国民の一体性の名のもとに正統化されている。

ここで、一般意志という概念に立って考えるとき、そうしたテロールには、本質的に責任という問題が生じないことも了解されるはずである。あたかも、神にとってその責任ということが無意味であるのと同じことであるが、そのことをすなわち「みやび」というと考えてもよいであろう。神意の代行者の行為は何人によっても責任は追及されないはずであるから、これほど優雅なことがらはない。三島がその論文の中で「自由と責任」にかえて「自由と優雅」ということをいっているのは、その意味でいかにも的確である。ただ、さらにつけ加えていえば、この自由と優雅の理念には、ルソーやジャコバンの場合と同じように、ストイシズムの要因もまた含まれねばならないであろう。なぜなら、一般意志の理念そのものが個人的な情熱や欲望から自由な普遍性をその本質としているかぎり、恣意による行為はすべて排除さるべきであり、テロールそのものもまた、精確な法則性に服従すべきだからである。こうして、一般意志論から演繹されるテロールは、自由でストイックな優雅さをおびねばならないことになる。

三島は、その種のテロールの典型を二・二六の青年将校の行動に見出しているようだ。というより、正確にいえば、そうしたテロールの意味がすでに了解されなくなった時代に、このテロールが生じたという悲劇性を解明することによって、日本の近代文化批判の原理を構想しようとしているようだといういうべきであろう。それはさし当り、三島の明治国家体制と、それにビルト・インされた「天皇制」への批判という形で示されている。

4

「国と民族の非分離の象徴であり、その時間的連続性と空間的連続性の座標軸であるところの天皇は、日本の近代史においては、一度もその本質である『文化概念』としての形姿を如実に示されたことはなかった。

このことは明治憲法国家の本質が、文化の全体性の浸蝕の上に成立ち、儒教道徳の残滓をとどめた官僚文化によって代表されていたことと関わりがある……」

「明治憲法による天皇制は、祭政一致を標榜することによって、時間的連続性を充たしたが、政治的無秩序を招来する危険のある空間的連続性には関わらなかった。すなわち言論の自由には関わりなかったのである。政治概念としての天皇は、より自由でより包括的な文化概念としての天皇を、多分に犠牲に供せざるをえなかった……」

この引用文あたりに、三島の明治国家批判はかなり鮮明に示されているといえるかもしれない。ただ、文化の「時間的連続性」と対になっている「空間性」という風変りな概念については、いくらか説明が必要かもしれない。この概念は、別のところで「空間的連続性は時には政治的無秩序をさえ容認するにいたることは、あたかも最深のエロティシズムが、一方では古来の神権政治に、他方ではアナーキズムに接着するのと照応している」などと書かれていることから、また前記引用文の中に「空間的連続性……すなわち言論の自由」とあることからも了解されるように、「文化の全体性」を構成する重大な契機の一つとして用いられている。すなわち、「文化概念としての天皇」は、日本の文化的伝統のすべてを象徴するとともに、またあらゆる日本人の多元的な横への拡がりによって生成する政治や文化におけるすべてのアナーキーをも包容しうるものでなければならなかった。

「すなわち、文化概念としての天皇は、国家権力と秩序の側だけにあるのみではなく、無秩序の側へも手をさしのべていたのである。」

こうした文化概念としての天皇に対して、政治概念としての天皇は、どこまでも権力の集中化と秩序化、それに対応するあらゆる「正統的」文化＝イデオロギーのみと結びつくものであることはいうまでもない。それが明治憲法によって作り出された「天皇制」にほかならないというのが三島の見解である。そして、そのような天皇制は、大正・昭和の過程において、「西欧的立憲君主政体に固執」することをますます強め、そのことによってついには「二・二六事件のみやびを理解する力を喪ってしまった」というのが三島の痛恨であり『英霊の声』の背後によこたわるモチーフの一つでもあった。なぜ天皇は、二・二六事件をたんに秩序紊乱の行動としか見られなかったのか、なぜそこに生ずべきアナーキーにも「手をさしのべ」られなかったのか、というのが「文化概念としての天皇」論からする三島の恨みにみちた批判である。

このような明治国家解釈は私にはなかなか興味がある。ただ、ここでは三島は歴史的に記述しているのではないので、その解釈や意味づけは読者の自由に委ねられている形になっている。以下、私は、三島のカテゴリィを引照しながら、「文化概念としての天皇」の可能性ということをめぐって、思いつくままに歴史的な連想をたどってみることにしたい。

まず三島の「文化概念としての天皇」という概念が私の中によびおこす最初のイメージは、思想史の領域でいえば、幕末期国学者たちのいだいた天皇のそれに近いものである。もう少しそれを限定していえば、現実の政治権力からは全く疎外されながら、かえってすべての政治秩序に対する批判原理となりえているような、そういう存在としての天皇ということである。国学者たちがその古代文芸の文献学的研究を通して発見したものは、一方では日本のすべての文化の精神を伝承しつつも、現世的権力には全くかかわることのない神々の「御真名子」としての永遠の天皇であり、他方では、その対極にあるものとして、すべての政治的統制力に従順に服従している民衆の心の無限の奥深さということであった。少し図式的にいえば、国学の人々は、一方には世界=宇宙の神秘的な深遠さと、他方にはエロティシズムを含めた人間の心の動きの限りないひろがり(=文化)との中間に、いわば曖昧な虚構として存在する政治的世界の相対性をはっきり認めたということになるであろう。

いいかえれば、政治と非政治の世界を比べるとき、前者は矮小な人為の世界を意味しており、後者にこそ、人間の生命や文化の普遍的な意味があらわれているということである。真淵にせよ、宣長にせよ、篤胤にせよ、すべて人為のはからいとしての政治に対し、人間の「真心《まごころ》」と「もののあわれ」を対置したとき、彼らの考えたものは不可知の神意に対する非政治的な恭順ということであった。そして天皇＝朝廷はその究極の保障者であった。よく知られているように、彼らは政治権力への恭順の根拠を、その権力自体に内在するなんらかの規範性によってではなく、かえってその存在がただ非政治的な神意の道具であるという先験性によって理由づけている。たとえば彼らは「凡てこの世の中のことは、春秋のゆきかはり、雨ふり風ふくたぐひ、また国の上の吉凶《よしあし》きよろづのこと、みなことごとに神の御所為《みしわざ》なり。さて神には善もあり悪きもありて、所行《しわざ》もそれにしたがふなれば、大かたの尋常のことわりを以ては測りがたきわざ」であるとみなし、それ故に、政治の善悪、体制の良否にかかわりなく（恐らく、ファシズムにさえ）、すべて「時々の御法は神の御命《みこと》」として服従すべきことを説いている。これはある意味では人間思想史上にあらわれたおどろくべき理念といってよいであろう。私はしばしば国学の思想を思うとき、あのプラトン的なポリス的(＝政治的)人間の美化に対し、アウグスチヌスが提示した全く異る人間論を連想することがある。端的にいえば、それは「政治は人間のすべてを蔽いえない」という認識であり、凡そ一切の政治は、その存在の事実、その目的を含めて悪にほかならないと考えるものであったが、そこから、実は人間の生き方の二つの傾向が生れてくる。一つは、一切の政治からの引退であり、他の一つは、一切の政治に対する非政治的な反逆である。前者は官能的なエピキュリアンの道であり、後者は後年のアナーキズムの原型ということになるであろう。幕末国学の場合にも、そうした分化があらわれたように思われる。一つは本居派の歌への沈潜であり、他の一つは平田派神学者たちのあのラジカルな実践への捨身であった。

こうした国学の流れが、幕末＝維新期においていかなる運命に逢着したかはすでによく知られている。彼らは、古代的な神政政治、神と人との自然な交感によっていとなまれるユートピアを現世に樹立しようとして、すべての不純な人為的営造物の破壊に邁進した。さながらの神国を日本の国土に実現しようとしたわけである。

しかし、周知のように、彼らのその試みは大いなる幻想におわった。それは、彼らの非政治的政治世界の構想が、かんたんに政治の論理によって破綻せしめられたからである。国学を知らざるものは人にあらずという一時の昂揚から、無知蒙昧の代名詞にまで顚落せしめられたのが維新後わずか六、七年頃の彼らであった。政治と「文明開化」とは、すべてを神々の所為に帰せしめようとする「優雅な」政治者たちを手あらく排除してしまった。岩倉具視の最高ブレーンであった玉松操が「奸雄のために售《う》らる」と長嘆して消えていったなどはその象徴であった。

しかし、もともと主情的美学という要素のつよい国学の論理からは、「可能性の技術」であり、「悪魔との取引」である政治との恒常的関係は成立しえない。彼らの「みやび」にみちた政治行動は、結局「售らる」るほかはないのである。史上、その類例は全く乏しくない。国学者のあるものたちは、彼らの幻想の第一の破綻――攘夷ではなく「開国」への転換――に直面して、これもまた霊異なる神々の意志であり、前後を矛盾と考えるのは「さかしら」であるという論理によって自ら転身した。しかし、それが政治の論理でないことはいうまでもなかった。

三島のいうアナーキーをも包容しうる全体的文化の「無差別的包括性」という考えから、私はやや気ままな連想をひき出しすぎたかもしれない。しかし、三島が明治国家を批判して「文化の全体性の浸蝕の上に成立」っているとしたのは、まさに維新期国学者の明治権力に対する批判と同質のものを含んでいるように私には見える。明治国家はその「政治機構の醇化によって、文化的機能を捨象して行った」というのも、政治に裏切られた国学的心情主義の長嘆に似ている。そしてこの嘆きは、神風連から西郷党の一部にまで、北一輝から二・二六の青年将校たちにまで、さまざまなヴァリエーションを含みながら継承されている。三島もまた、その意味では、あの数多くの良い和歌を遺した純粋尊攘派の系譜につらなるものかもしれない。ただし、彼らの多くは寂しい浪士たちであったが、三島はかえって賑かすぎるくらいの人物であるところがどうも印象がちがうのだが……。

ともあれ私は、最近の三島がそのままかつての「尊皇攘夷」派に似ているように思っているが、いうまでもなくそれは冷笑の意味ではない。私は、およそある一つの文化が危機にのぞんだとき、その文化が「天皇を讃美せよ！　野蛮人を排斥せよ！」というのと同じ叫びをあげるのは当然のことだと思っている。それはほとんど危機におかれた人間の生理的反射に似た現象であり、日本にかぎらず、それぞれの時期において、人類史上の普遍的な現象であると思っている。とくに日本のように社会組織の有機的性格が濃密な地域では、危機への反射的反応はそれだけ強烈であるのは当然である。人は、たとえば幕末における国学者たちの神国思想や、天皇を以て「万国の総主」とみなし、日本を以て世界の最善・最美の「上国」とみなすような思想を嘲笑するであろう。しかし、私たちに必要なことは、彼らの非理性的錯乱を笑うことではなく、凡そ日本のような地理的・歴史的に特色のある国家が、その全身に感じとった危機感の巨大さを想像することであろう。水戸学でも、平田派神学でも、ただその誇大妄想を笑うだけならば、手間もひまもいらないことである。

もちろん、三島が「尊皇攘夷派」だということは一種のひゆにすぎない。「尊皇」の意味も、「夷狄」の意味も全くかわっているはずである。前者は、幕末の日本人が、圧倒的な外圧に直面して、いわば応急に見出した自尊心回復の媒体であったと竹越三叉などはやや皮肉に述べているが、それはいいかえれば、混濁した忠誠心喪失の状況の中で、人々がその心のよりどころを、より安定した価値に求めようとしたというだけのことである。そこには奇怪さはなかった。

現代の危機は、封建制というある意味では責任負担を分散させるようなシステムがないために、かえってその事実が空想的に拡大され、個々人の内部に異常な重圧をひきおこすという特異な性格をおびている。たとえば、現実の軍事的危機とか、革命の危機というよりも、情報機構を通じて人々の心中によびおこされるイメージとしての危機の切迫性が、そのまま、人々をパニックにおとしいれることもできるという形をとっている。それにともなって、人々は演技的なヒステリアの発作にとらわれることもますます多くなっている。しかし、いずれにせよ、想像された危機が危機でないとはいえない。そしてそれに対応して、新たなよりどころとしての忠誠対象の追求がほとんどけいれん的な様相を呈してくることも、知られているとおりである。ただ、私の考えでは、少なくとも政治の世界では、すべての身ぶりも、理論も、信条も、忠誠心も、あまり役に立つことはない。アナーキズムは政治思想ではないといったカール・シュミットの言葉を私はよく思い浮かべるのだが、私などはとかくそのような考え方に反撥したくなる。それはやはり私などの内部に、根源的にあの国学的なユートピアへの憧れが潜在しているからかもしれない。その内なるものがあるいは「国家」「民族」とよばれ、日本ではとくに「天皇」とよばれているものにほかならない。しかし、いったい、幸徳秋水を生かしておくような「文化概念」としての天皇制とはいかなるものであろうか？

5

しまいに、三島の論文の終わりの方を見ると、私にはどうもすっきりしないところがいくつかあらわれてくるので、そのことについてふれておきたい。たとえば「時運の赴くところ……代議制民主主義を通じて平和裡に『天皇制下の共産政体』さえ成立しかねないのである」とし、そのときは「文化概念としての天皇はこれと共に崩壊して、もっとも狡猾な政治象徴として利用されるか、あるいは利用されたのちに捨て去られるか、その運命は決っている」と述べているところはその一つである。

もちろん三島のいうのは、共産体制とは「言論の自由」と、それによって支えられる「文化の全体性」に対するそもそもの反対概念であり、その体制下では、文化の全体性を象徴する天皇の意味は当然にありえないという論理になっているのだが、ここでの疑問は、あえて共産政体をもちだすまでもなく、すでに明治憲法体制の下で、天皇はその意味での機能を失ってしまったというのが三島の見解だったのではないか、ということである。近代史以降、天皇は「一度もその本質である『文化概念』としての形姿を如実に示されたことはなかった」ということは、凡そ近代国家の論理と、文化概念としての、いわば美の総攬者としての天皇の論理とがどこかであい入れないものを含んでいたことにもとづくはずである。

事実、国学者たちが構想した天皇統治の美的ユートピアは、維新後数年ならずして、次々と崩壊しなければならなかったし、神風連の乱やある意味ではまた西南戦争は、その敗亡の道標となっている。二・二六事件をまつまでもなく、すでに西郷の反乱というアナーキーを許容しえないほどに、天皇はもっぱら政治的装置として利用されるにいたっている。三島はそうした転化が決定的に生じたのは、大正十四年の治安維持法第一条が「国体を変革し又は私有財産制を否認することを目的として……」という風に、国体と私有財産制とを同一視する「不敬」を犯したときであると述べているが（もっともこの条文は、のちに別々に書きわけられたが)、それは政治概念としての天皇制が、その作用局面をより拡大深化したというだけのことで、そもそも政治的な「国体」観念の形成そのものと同時に、或はもっと早く、その転換は始っていたと見るべきではないだろうか。でなければ、北一輝が、彼一流の文化概念として天皇を救出するために、あれほど猛烈に「国体」批判をやらねばならなかった理由もなくなるし、まさに文化の「空間性」のあらわれであるアナーキズムを、謀略的に殺戮し去った機能の説明もつかなくなる。

それともう一つの疑問は、天皇擁護のために「天皇と軍隊とを栄誉の絆でつないでおくことが急務」とされ、しかもその目的は「政治概念としての天皇ではなく、文化概念としての天皇の復活を促すものでなければならぬ」という部分である。ここでは、私なりに三島のイメージがわからないではないが、その論理がどうなるのかはほとんどわからない。すでに国民皆兵の制度がとられていた明治国家においてさえ、軍はあるいは軍閥という形において、あるいは議会との関係において、国民の「文化の全体性」に対するむしろ反措定の機能を果した。しかし、それでも、国民のすべてが兵士であるという体制の下では、北一輝のように、軍を「天皇と国民」のシンボルによって結びつけようとする企図には、まだしも論理的な矛盾はなかった。憲法改正ということを三島が考えているのかどうかは知らない。恐らくそうではなく、私の理解では、まさに「文化概念としての天皇制」が現実化したのちに、はじめて成立しうるような天皇と軍との関係を三島はロマンティクに先取りしているのではないかと思われるのだが、もしそうだとすれば、それは論理的にはもちろん、事実の手順からいっても、不可能な空想である。実現の可能性があるのは、天皇の政治化という以外のものではないであろう。かつて、天皇親率というヒロイックなイメージの下に、「政治に関わらず」とされた国民皆兵の軍隊が、後遺症のように残したものこそが「政治的天皇」の記憶であった。だからことがらは、三島の考えるようにロマンティクには進まないだろうと思う。

ただ、ここで三島が、共産革命防止を究極の目的として天皇と軍隊の直結を言っているのなら、それは政策論として少しも非論理的ではない。ただし、その場合は、実はかえって明治の士族反乱に似たものをひきおこすであろうという可能性を計算に入れなければならないが、少なくともそれ自体は合理的な考え方である。しかし、もしこの三島の目的が「文化概念としての天皇」の擁護にあるとするならば、それは論理的でもなく、現実的でもないことになる。――私のわからないのはその点である。もちろん、個人の生活という範囲でいえば、その内部において、まさに三島のように、文と武とを兼備することは、その人物の文化の全体性と少しも矛盾しないはずである。しかし、歴史的にいっても、きわめて稀有の場合において、しかもかなり短い期間においてしか実現しなかったようなケースを念頭におくのでなければ、私には「文化」の一般意志と、政治のそれとが一致するような人間生活のシステムを考えることはむずかしいのである。

Ⅱ　三島由紀夫論

夭折者の禁欲——三島由紀夫について

1

私は、かつて、三島の小説に対する私の関心は、芸術作品に対するものというより、むしろそこに戦中戦後の青年の血腥い精神史の精緻なスペクトルを見る思いがするからだという、甚だ非文学的な感想を述べたことがある。そのことに関連するのかどうかわからないが、私にこの選集の解説を書けという三島の依頼はほかならぬその精神史的背景を書けというものであった。前述のような言挙げもあり、私は安んじてこの不似合な「解説」の執筆を承諾した。

2

しかし、そのいわゆる精神史についても、実は三島自身がもっともみごとな語り手の一人であることは、すでに定評がある。その「告白」的作品は別としても、三島論の出発点として引用されることの多い「重症者の兇器」をはじめとして、おびただしい作品の自註から、さいきんの『林房雄論』にいたるまで、三島が己自身の精神と時代とのアイロニカルな交渉について、巧みに述べたエッセイは少くない。昨年（一九六三年）春、「東京新聞」に連載された「私の遍歴時代」のごときも、同じく平明な、小さな自伝の模範であろう。ともあれ、現代の思想家、芸術家を通じて、彼ほどに精確に自己の精神史を描いてみせる人物はむしろ稀である。

しかし、三島の「告白」ないし自己省察の方法が、日本人の伝統的な自己認識の方法と異質であることは、いわゆる私小説のそれと比べるなら直ちに明かになる。後者はいわば個々の告白によるそのつどの決済、きわめて人間的で自然なその日ぐらしの清算という意味をもっているが、三島のそれは、一定の生活体系に組織化された近代的個人の予定された意味に関する、一種終末論的な非人間性をおびた合理的自己検証である。それはむしろ告白の拒否を原則とする自己表現という意味をもっている。三島はどこかで「大体私は『興いたればたちまちになる』というようなタイプの小説家ではないのである。いつもさわぎが大きいから派手に見えるかもしれないが、私は大体、銀行家タイプの小説家である」と、みえをきっているが、事実、彼の自己審査は、あたかもあの「資本主義の〈精神〉」の担い手たち、カルヴィニストのペシミズムと畏怖にみちみちた自己審査に似ている。彼らは己れの救済と幸福のためにその「仕事」に努めたのではなく、「知られざる神」によって、自己が永遠の昔から救いに、もしくは亡びに予定されているという絶大な恐怖感から免れるために、その非人間的な禁欲と孤独の組織化を行ったのであるが、三島の一見華麗きわまる芸術的行動もまた、まさにそのような恐怖の影に包まれており、人生や芸術の栄光のためにではなく、ある「知られざる神」のためにする営為という印象を与える。さいきん彼は、ある雑誌社のアンケートに答えて「人生最上の幸福」としては「仕事及び孤独」を、「人生最大の不幸」としては「孤独及び仕事」をあげている。これは同じアンケートの「あなたの性格の主な特徴」という問いに対して「軽薄及び忍耐」と答えているのとあわせて、三島の思想を平明にあらわすものであろう。そしてこの「仕事及び孤独」という発想は、ほとんどそのままあの恐るべき予定説の教義にあらわれてくるものである。そこではカトリックの人間的なゆとりを含んだ懺悔の秘蹟もサクラメントもありえなかった。

しかし、それなら、三島における「隠れたる神」とは何か、私はそれを「戦争」とよんでかまわないと思う。

3

戦争のことは、三島や私などのように、その時期に少年ないし青年であったものたちにとっては、あるやましい浄福の感情なしには思いおこせないものである。それは異教的な秘宴《オルギア》の記憶、聖別された犯罪の陶酔感をともなう回想である。およそ地上においてありえないほどの自由、奇蹟的な放恣と純潔、アコスミックな美と倫理の合致がその時代の様式であり、透明な無為と無垢の兇行との一体感が全地をおおっていた。

それは永遠につづく休日の印象であり、悠久な夏の季節を思わせる日々であった。神々は部族の神々としてそれぞれに地上に降りて闘い、人間の深淵、あの内面的苦悩は、この精妙な政治的シャーマニズムの下では、単純に存在しえなかった。第一次大戦の体験者マックス・ウェーバーの言葉でいえば、そのような陶酔を担保したものこそ、実在する「死の共同体《トーデスゲマインシャフト》」にほかならない。夭折は自明であった。「すべては許されていた。」

いうまでもなくこのオルギアは、全体戦争の生み出した凄絶なアイロニイにほかならない。三島のように、海軍工廠の寮に暮しながら、「小さな孤独な美的趣味に熱中」することも、戦争の経過に不感となることも、この倒錯した恣意の時代では、決して非愛国的異端ではありえなかった。そしてまた、たとえば少年が頭を銀色の焼夷弾に引き裂かれ、肉片となって初夏の庭先を血に染めることも、むしろ自明の美であった。全体が巨大な人為の死に制度化され、一切の神秘はむしろ計算されたものであった。たとえば回天搭乗員たちは、射角表の図上に数式化された自己の死を計算する仕事に熱中していた。

4

しかし、このような体験は、いかにそれが戦争という政治と青春との偶然の遭遇にもとづくものであったにせよ、その絶対的な浄福の意識において、断じて罪以外のものではありえない。もし人間の歴史が、シラーのいうように、世界審判の意味をもつとすれば、断罪は何よりもこのような純粋な陶酔、聖別された放恣に対して下されねばならないはずである。なぜなら、世界秩序の終末のもっとも無心な目撃者こそ、もっとも倨傲な瀆神者にほかならないからである。

この戦争世代にとっては「罪とか救いとか、宗教的敬虔とかの観念は、常に全く異質的かつ耐え難いものであった」というウェーバーの指摘が完全に妥当する。そこではいかなる意味でも日常性は存在しなかった。それはいわば死の恩寵《カリスマ》によって結ばれた不滅の集団であり、したがってまたいかなる日常生活の配慮《ゾルゲ》にも無縁であった。すでに生の契機が無意味であった以上、罪や告白ということもありえなかった。

この世代は何かを犯したわけでもなく、個々の兇行を演じたわけでもなかった。しかし、まさにそのことが歴史にとっては究極の罪であった。あたかも中世の異端的クリスチャンが某年某日の世界終末を信じ、予め地上の某地に天上の楽園をうちたて、そこに聖なる淫蕩のオルギアを恣にしたのち、剣と焔によってうち亡ぼされたように、彼らもまた亡びに予定された人間たちであった。それを予告する大崩壊が「平和の恢復」にほかならなかった。

敗戦は彼らにとって不吉な啓示であった。それはかえって絶望を意味した。三島の表現でいえば「いよいよ生きなければならぬと決心したときの絶望と幻滅」の時期が突如としてはじまる。少年たちは純潔な死の時間から追放され、忍辱と苦痛の時間に引渡される。あの戦争を支配した「死の共同体」のそれではなく、「平和」というもう一つの見知らぬ神によって予定された「孤独と仕事」の時間が始る。そしてそれは、あの日常的で無意味なもう一つの死――いわば相対化された市民的な死がおとずれるまで、生活を支配する人間的な時間である。それは曖昧でいかがわしい時代を意味した。平和はどこか「異常」で明晰さを欠いていた。

「敗戦は私にとっては、こうした絶望の体験に他ならなかった。今も私の前には、八月十五日の焔のような夏の光りが見える。すべての価値が崩壊したと人は言うが、私の内にはその逆に、永遠が目ざめ、蘇り、その権利を主張した。……」(『金閣寺』)

もちろん、しばらくはあの純潔と陶酔のみせかけの持続があった。瓦礫におおわれた大都市と、物そのもののような大群衆の氾濫とは、一九四五年夏の烈日のもと、かえってあの永遠の休日の残像を保障するかに見えた。三島のいわゆる「兇暴な抒情的一時期」である。微妙な、危険な推移があった。三島の中に、血まみれの、裏がえしの自殺が行われ、別の生が育まれたのはこの時期であった。「平和」と「日常」はかえって「死」の解除条件であった。

平和は徐々にその底意の知れぬ支配を確立するかに見えた。死の明確な輪郭、透明な美は、原子爆弾が広島の銀行の礎石に焼きつけたあの人影が薄れてゆくように、しだいに頽廃し、瓦礫の世界にひろがった抒情的ナルシシズムの大歓呼も、悪い冗談のように雑踏の中にまぎれていった。少年は大人に、陶酔は生活に転身せねばならない。三島の美学が権利を感じ始める。

5

戦後、三島は己れの青春を「不治の健康」と名づけることによって出発した。これはもとより逆説である。しかし、およそ生きるものが病み、やがて死んでゆくという有機的自然の過程こそ、三島たちにとってかつて許されたことのない世界であった。死は、無機物との出会いにおいて、夭折においてしか不可能だったからである。通常の意味における「死」がありえなかったように、日常の生もまた拒まれていた。もしなお生一般を生きるとすればそれは仮面による生、たえず変貌する日常性を仮装した、永遠の問いかけという形でしかありえない。それはあの禁欲者たちが、自己の生の確証のためにではなく、隠された決断者の恣意の確証のために行動したのと同じように、不断に生を拒否するために行われる組織的な自己規制という意味をもつ。三島の文体の人工的な華麗さは、実は生の不在の精緻なアリバイを構成しようとする禁欲的な努力をあらわしている。彼は生の此岸からではなく、いわば反世界の側から様式を作り出そうとする。三島の日本精神史における意味は、この点にもっとも鮮明にあらわれているといえよう。そして、もう一つつけくわえれば、三島は日本の思想に、一種のものすごいフモールの感覚をもちこんだといえるかもしれない。ハイネのスタイルでいえば、おどけた仮面の双の眼玉からのぞいている死神の眼のイメージである。しかし、これは不祥の言い方であろうから、私はむしろ三島の生き方における『葉隠』の倫理を説いた方がよいかもしれない。

「人間一生は誠に纔《わずか》の事なり。好いた事をして暮すべきなり。」

これは多分三島の座右の銘の一つであろう。この放埒な平明さをおびた倫理は、三島の人工的芸術のスタイルと意外に近いものである。『葉隠』は、戦国武士の死にぞこないが、天平の世にその失われたユートピアへの哀切な憧憬を託した倫理書であった。それは動乱の世にではなく、平和の時代にこそその真価を発揮する一箇の教典である。三島のダンディズムが「写し紅粉を懐中したるがよし、自然の時に、酔覚か寝起などは顔の色悪しき事あり。斯様の時、紅粉を出し、引きたるがよきなり」という戦士共同体の作法に共通することは、ほぼ間違いないだろうと私は思う。彼の願望する「剣道七段の実力」というのも、様式化された倫理への哀切なあこがれを示すものであろう。しかしその彼が「あなたが欲しいもの三つ？」と問われて「もう一つの目、もう一つの心、もう一つの命」と答えるとき、私はその欲求の背後に、再びあの不気味な「恐怖」を感じとる。いわばそれはロマン的な変身への熱情、世界崩壊へのいたましい傾倒を暗示しており、恐らく『葉隠』の倫理と相補関係をなすものである。

さいきん三島は『林房雄論』によって、ほとんど初めて歴史との対決という姿勢を示した。それが晩年の芥川龍之介に似た場所を意味しているのか、それとも明治終焉期の森鷗外のそれに通じる境涯であるのか、私には予測できない。むしろ私もまた、一種透徹した恐怖感をたたえる『葉隠』の一節によって、この「解説」を結ぶことにしたい。

「道すがら考ふれば、何とよくからくつたいい人形ではなきや。糸を附けてもなきに、歩いたり、飛んだり、はねたり、言語迄言ふは上手の細工なり。されど、明年の盆祭には客にぞなるべき。さてもあだな世界かな。忘れてばかり居るぞ。」

（一九六四・三・五）

三島由紀夫伝

1

三島由紀夫は大正十四年一月十四日、当時の東京市四谷区永住町二番地に生まれた。本名は平岡公威《きみたけ》。父は平岡梓、母は倭文重《しずえ》、その長男である。妹は美津子、弟は千之《ちゆき》。

平岡家は、「世々農業を以って居村に鳴る」とある人名辞典に書かれているように、もと兵庫県印南《いんなみ》郡志方《しかた》村の農家である。以前のことはともかく、三島の祖父平岡定太郎《さだたろう》の時から世に知られている。

祖父定太郎は文久三年六月の生まれ、平岡太吉の子である。少年期、神戸の漢学塾乾行《けんこう》義塾、神戸師範学校に学んだのち、上京して二松学舎、早稲田専門学校、開成中学を転々し、さらに大学予備門から法科大学（現在の東大法学部）に入学した。法科大学卒業は明治二十五年、三十歳の時である。

大学卒業後、内務省に入り、各府県に事務官として勤務したが、明治三十九年、内務大臣原敬によって行なわれた有名な地方官大更迭にさいし、大阪府内務部長から福島県知事に昇進し、さらに明治四十一年には、異例の抜擢をうけて樺太庁長官に栄転している。当時の人名辞典、人物評伝などにおいて「白髪内相原敬氏の乾児、否、縦横の活手腕家として、地方官中に錚錚たる名声を博したる前樺太庁長官平岡定太郎氏」（『大正人名辞典』）とか、「極めて円満かつ常識の発達せる人物にして、前年大阪府書記官たりし時も、福島県知事たりし時も、威張らぬ人、役人臭からぬ人、調子の良き人、として令名嘖々たりき」（鵜崎鷺城『朝野の五大閥』）などと書かれた人物である。

大正三年、部下のひきおこした森林払下げの不正事件に責任をとって辞任したのち、南洋拓殖製糖株式会社社長に就任したほか、種々の事業に関係したが、「人間に対する愚かな信頼の完璧さ」（『仮面の告白』）のためか、事業家としてはむしろ失敗者だったようである。昭和十七年八月、七十九歳で歿している。正四位勲三等というのが、退官時の位階勲等であった。

この人は、その子に近代国法学の先駆者であり、大隈重信のブレーンとして、早稲田大学設立者の一人でもあった小野梓の名を付け、その孫（＝三島）には、同郷出身の土木工学者、枢密顧問官男爵古市公威の名をとっているが、いかにも明治・大正期の高級官僚＝ブルジョアジーにふさわしい快活な明敏さと、幾分洒脱な八方美人的性格とをそなえた人柄のように思われる。

定太郎の妻(=三島の祖母)夏子は、大審院判事永井岩之丞の長女である。岩之丞の父は幕臣中の俊秀として知られた永井玄蕃頭尚志《なおただ》であり、夏子はその孫娘にあたる。その実弟に大屋敦、永井亨などの名士があった。

ちなみにいえば、この岩之丞の同僚に信州飯田出身の柳田直平がいたが、その養子が定太郎と同じ兵庫県出身の民俗学者柳田国男である。その関係から、柳田は三島の祖母の家庭とは早くからつきあいがあったとのことである(柳田国男『故郷七十年』)。

三島の半自叙伝的小説『仮面の告白』にあらわれる祖母は「狷介不屈な、或る狂おしい詩的な魂」の持主として描かれているが、私はそれをそのまま夏子のこととして読んでいいように思う。彼女の母方は宍戸藩主松平家の息女である。

三島の父梓氏は前記人名辞典などにおいて「一子梓氏、父に肖て活潑機智にとむ」というように記載されている。明治二十七年の生まれ、開成中学、第一高等学校をへて、大正九年、のちの首相岸信介と同年に東京帝国大学法学部を卒業し農商務省に入る。転任、外遊といった高級官僚の常道を歩んだのち、昭和十七年、水産局長をさいごに官界を退き、その後は会社顧問を歴任して、悠々自適の生活を送っている。妻の倭文重さんは金沢前田家の儒者橋家の出身で、その父橋健三は、明治から大正にかけて開成中学校校長をつとめた人である。
三島は父が農商務省事務官の時代、結婚一年後に生まれた。『仮面の告白』の記述をそのまま信用するとすれば、その時三島は六五〇匁の小さい赤ん坊であった。

……………………

しかし、こうした家系調べは、いかにもこの場合板につかない感じである。現在の三島の読者たちは、多分それらのことにあまり関心はないはずである。すべては、後世の研究者に委ねた方がいいにちがいない。何しろ三島は今もめざましいほどに生きているのだから。

2

三島の青少年期の経歴は、年譜に書かれているとおりである。満洲事変の始まった年に学習院の小学生、蘆溝橋事件の年に中学生になり、太平洋戦争の開始された昭和十六年にはじめて三島由紀夫のペンネームで創作を書き、翌年高等科に進み、敗戦の前年に東大法学部に入り、戦後の昭和二十二年十一月に卒業している。いいかえれば、昭和の戦争史の歩みに合わせて、少年期から青年期を順調にすごしたわけである。兵歴はない。

幼年期から少年期にかけての三島の肖像を通常の伝記風に書くだけの材料を私はもっていないし、それはまたさして必要もないと考える。したがってここでは、たとえば『仮面の告白』「花ざかりの森」「詩を書く少年」など、多少とも自伝的素材を含んでいると思われる作品や、エッセイによって、半ば空想的に幼い三島の姿をモンタージュすることにしたい。

はじめに、私はその祖父や父の経歴から、その生活環境の中に、一種軽躁なまでの快活さ――あの大正期の上流家庭に多少とも共通したブルジョア的陽気さといったものを空想する。そして、他方では、そのコントラストとして、一家の祖霊めいた印象を与える病身の祖母や、その貴族的な血筋につながる夫人たちの、幾らか沈鬱でパセティクな生き方を想像してみたい。これらはすべて空想に過ぎないが、私はたとえばゲーテとか、トマス・マンなどの生いたちに見られる一種悲劇的な生活環境を、三島のために空想してみたいのである。

この空想の当否はともあれ、三島が病弱な子供として育てられたことは事実である。いわゆるお祖母さん子で、中学校に上るまで、祖母のもとで大きくなった。しかし、男の子同士の遊びは禁止され、きめられた何人かの女の子だけが遊び相手であった。しかし、彼は男の友達と一しょに乱暴な遊びをしたいと思うのでもなく、むしろひとりで本を読んだり、積木をしたり、画をかいたりするのが楽しかったようである。

三島は病弱で孤独な子供によくあるように、過剰な感受性と空想力にとんでいた。沢山の絵本やお伽噺——その中には、多分外国製の豪華な本も含まれていた——が、その感受性をいっそう刺激し、空想癖をつのらせたと考えてもおかしくはない。そのころの子供が読むことのできる以上のあらゆる絵本の類を彼は読んだ。しかし彼の嗜好の中には、すでにそのころからある特異な偏愛が潜んでいた。それは不思議に残酷な情景に心をひかれたことである。アンデルセンにも、グリムにも、日本の子供たちには刺激の強すぎるほど、むごたらしい殺しの場面が少なくない。なかでも虐殺された美しい若者の流す血のイメージは、この子供の空想を限りなく駆りたて、一種いいがたい官能的な陶酔をさえひきおこすことがあった。

空想の中で、自分が何ものにでも変身することができ、美しい死者にさえも変りうるという甘美な夢想は、おそらく多くの子供たちが一度は経験するものであろうが、三島のそうした嗜好は、多分ふつう以上に強烈であり、またずっとながつづきした。

こうした幼年期の夢想には、多少ともに外界に対する子供の恐れと、己れ自身を夢みるナルシシズムの傾向とが含まれている。外界はお伽噺と同じように自由に子供の幻想の中で変容可能なものであり、己れ自身もまた、巧みな比喩、無意識のうそのように、さまざまにその世界の中で変容することができた。——こうした状態は、多分、この子供がやや大きくなったとき、詩を作る少年に成長してゆく一般的な要因でもあった。

「……自分のまだ経験しない事柄を歌うについて、少年は何のやましさをも感じなかった。……事実彼のまだ体験しない世界の現実と彼の内的世界との間には、対立も緊張も見られなかったので、強いて自分の内的世界の優位を信じる必要もなく、或る不条理な確信によって、彼がこの世にいまだに体験していない感情は一つもないと考えることさえできた。なぜかというと、彼の心のような鋭敏な感受性にとっては、この世のあらゆる感情の原形が、ある場合は単に予感としてであっても、とらえられ復習されていて、爾余の体験はみなこれらの感情の元素の適当な組合せによって、成立すると考えられたからであった。感情の元素とは？　彼は独断的に定義づけた。『それが言葉なんだ』。」

（「詩を書く少年」）

こうして、彼の生活は、美しい言葉のアラベスクによって構成されるひゆの世界に属していた。現実の世界を考慮する必要はなかった。ただ彼は「言葉さえ美しければよいのだ」と信じ、「毎日、辞書を丹念に読んだ。」

すべてそのような状態は、一般に文字にしたしむ幼少年期の浄福と名づけてよいものであった。しかし、それだけでは三島の中に早くから育くまれていたもう一つの予感——彼に「憧れと疾ましさと苛立しさ」の気持を抱かせたある別の悲痛な予感を説明するには不十分である。

昭和十五年にノートに書きとめられた「十五歳詩集」の一つに「凶《まが》ごと」という題名をもったものがある。その冒頭だけをひくと——

わたくしは夕な夕な
窓に立ち椿事を待つた、
凶変のだう悪な砂塵が
夜の虹のやうに町並の
むかうからおしよせてくるのを。
……

この少年の恐れは、もちろんまたその空想の生み出したものにはちがいなかった。しかし、それは甘美な陶酔感というより、むしろ痛ましい欠乏感ともいうべき色彩をおびていた。いいかえれば、決して自分のものとすることはできないと思われるもう一つ別の世界におけるさまざまな人間や出来事への憧れと恐れの感情に色どられたものであった。『仮面の告白』にあらわれる例でいえば、行進する軍隊、青い股引を穿いた汚穢屋、地下鉄の車掌などは、すべてそうした不可能の世界を予感させるシンボルであり、多分三島の実際の体験から生まれた形象にほかならなかった。

それは、しかし逆にいえば、この少年の内部に発酵しつつあったある致命的な不適応の予感——自分は何ものにでも変身しうるけれども、決して現実には何ものにもなりえないであろうという絶望の予徴であった。

後年、三島はこうした予感のことを、次のように分析している。

「……私の官能がそれを求めしかも私に拒まれている或る場所で、私に関係なしに行われる生活や事件、その人々、これらが私の『悲劇的なもの』の定義であり、そこから私が永遠に拒まれているという悲哀が、いつも彼ら及び彼らの生活の上に転化され夢みられて、辛うじて私は私自身の悲哀を通して、そこに与ろうとしているものらしかった。

とすれば、私の感じだした『悲劇的なもの』とは、私がそこから拒まれているということの逸早い予感がもたらした悲哀の、投影にすぎなかったのかもしれない。」（『仮面の告白』）

この拒まれているという悲劇的な予感のことは、後に彼が芸術家としての自己を告白するとき、いわば仮面の姿において暗示したものにほかならないが、それはまた実在の三島の幼少年期における内部風景の痕跡であったということはできそうである。

＊

三島の早熟な習作時代は、十三歳の時に始まっている。学習院の『輔仁会雑誌』に「酸模《すかんぽう》」という創作を発表したのがはじめであるが、それから五、六年の間がいわばその習作活動の開花期ということができ、処女出版『花ざかりの森』が出された昭和十九年秋が、戦前における三島文学の頂点を形づくったというふうに見ることもできそうである。事実、いわゆる三島ファンは、すでに昭和十九年頃には実在していたのである。もとより、それは荒涼たる世相であり、通常の意味での読者層というものもなかった。しかし、当時勤労動員などにかりだされていた学生たちの間で、三島の名前が口にされることも事実あった。各高校の文芸部あたりで、学習院に三島という天才少年があらわれたという妬ましげな噂があったのも、そのころなように私は記憶している。

三島が、その才能を試みはじめた時代が、恵まれたものであったか、不運な時代であったかは、容易には断言できないことである。そして、その文学のめざめが、以下にのべるような姿をとったことが、三島自身にとって幸、不幸のいずれであったかも、簡単にはいえないであろう。ともかく、それは異常な年《アヌス・ミラビリス》であった。世界中に死が君臨し、日本もまた戦争神の不吉な支配下にあった。

十六歳の少年平岡公威が、三島由紀夫のペンネームをはじめて用いたのは、あたかも太平洋戦争開始の直前である。彼はそれまでに前記「酸模」という習作のほか、「彩絵硝子《だみえガラス》」という作品を『輔仁会雑誌』に発表しているが、後者は新感覚派と堀辰雄とラディゲのスタイルを巧みに綴りあわせたようなしゃれた創作である。当時、学習院で国文を教えていた清水文雄がその才能を発見し、三島を雑誌『文芸文化』同人に紹介するとともに、そのペンネームをも選んでくれた。

この『文芸文化』というのは昭和十三年七月に創刊され、十九年八月、通巻七十号で終刊となった同人雑誌であるが、編集委員は清水のほか、蓮田善明、池田勉、栗山理一の四人で、いずれも広島文理科大学系統の古典主義を立場とする国文学者であった。この雑誌のことは、戦後はむしろ右翼系の雑誌として黙殺されており、調べられたものも二、三しか見当らないが、その文学史上の位置は、少なくとも『日本浪曼派』『コギト』と並列して考えられてよいものであったことはたしかである。後になって、三島が、日本ロマン派の運動が生みだした少数の価値ある作品リストを作ったとき、そのなかに『文芸文化』同人の国文学研究をあげていることからも、ほぼその位置を想像することができるであろう。

ともあれ、三島にとっては、この雑誌を通じて、はじめて時代の混沌の中に己れの才能を展開することができたのであり、古典主義とロマンティシズムの交錯し干渉しあう激動の中に、その美意識の原型となる文体を錬磨することもできたのである。三島は、別に昭和十七年、学習院の先輩であり文学上の畏友と仰いだ徳川義恭、東文彦の二人と、「白樺の将来は向うをはろうという衒気がないでもない」同人誌『赤絵』を創刊したりしているが、東の夭折のためにそれは二号で廃刊になっている。

三島の「花ざかりの森」は『文芸文化』の昭和十六年九月号から十二月号にかけて連載されているが、その第一回が載った編集後記には、同人中もっとも熱烈な民族主義者であった蓮田が「日本にもこんな年少者が生れ来つつあることは何とも言葉に言いようのないよろこびであるし、日本の文学に自信のない人たちには、この事実は信じられない位の驚きともなるであろう」と書いており、別に「全く我々の中から生れた」「われわれ自身の年少者」という傍点を付してその登場を讃美し、祝福している。また、その二年後の昭和十八年八月、雑誌『文学』が「古典の教育」を特集したときにも、蓮田は「悉皆国文学の中から語りいでられた霊のようなひと」として三島のことを紹介している。

蓮田はこの一文を書いてまもなく、昭和十八年十月、再度の召集をうけて戦地に向っているが、そのさい、次のような訣別の一首を三島に残している。

「にはかにお召しにあづかり三島君よりも早くゆくこととなつたゆゑ、たまたま得し

一首をば記しのこすに

よきひととよきともとなりひととせを

こころはづみておくりけるかな」

これらの詩文から、蓮田がいかに少年三島に期待を寄せたかが想像されるであろう。後のことになるが、蓮田は敗戦にさいし戦地で部隊長を射殺し、自分もまた自決という異常な死に方をした。昭和二十一年十一月に行なわれたその追悼会には、三島も出席して、次のような追悼の文を捧げている。

古代の雲を愛でし
君はその身に古代
を現じて雲隠れ玉
ひしに　われ近代
に遺されて空しく
靉靆の雲を慕ひ
その身は漠々たる
塵土に埋れんとす

三島由紀夫

ともあれ、『文芸文化』に登場した三島は、あたかもドイツ・ロマン派におけるノヴァーリスのように、日本古典文芸の恩寵にみたされた精霊のような存在と思われたのであり、また事実それにふさわしい優雅な作品、詩、エッセイの多くを寄稿している。「花ざかりの森」のほか「みのもの月」（十七年十一月）、「世々に残さん」（十八年三月―十月）、「中世に於ける一殺人常習者の遺せる哲学的日記の抜萃」（原題「夜の車」。十九年八月終刊号）等の創作、「わたくしの希いは熾る」「かの花野の露けさ」等の詩、「古今の季節」「寿」等のエッセイがそれである。これらの作品のほかにも『赤絵』には「祈りの日記」を書いているが、それらを読む人々は、そこに「やまとことば」の優美な生命が、いかにみごとに駆使されているかを見ておどろくであろう。たとえば懸詞を論じた次のようなエッセイがある。――

「まことにやまとことばはげにもやさしい。蘆間をかようさびしい水の、たとえば観世水のようなしずかな水の、蘆の若根にいさようて立てる漣は、ひたすらに澄みしずまろうとする水面に立てる花やかな波は、かかる方法を以てはじめて可能である。方法というもおろかにあえかであろう。深紅《じんこう》と白とをあわせて薄紅桜のあらわれるそうした微妙な生理、かけことばにつづられた優雅な文章こそ、それがそのままやまとことばの五彩の波なのである。」（『文芸文化』昭和十八年十一月号）

後年、三島の文章を織りなしたあの優婉華麗な「五彩の波」が、とおくこうした少年期の言語感覚に由来していることはいうまでもあるまい。日本語の微妙な呪術的ニュアンス、その不思議な光と影の効果というべきものまでを、十六、七歳のこの少年がいかにみごとにとらえていたかは、たんにそれだけをとってもおどろくべきことであった。後年、三島の文体はそれ自体おびただしい変貌をとげるが、「辞書を読む」少年にふさわしく、言葉は彼が世界と角逐する唯一の武器にほかならなかった。

ところで『文芸文化』は、その最初から雑誌『コギト』との交流がさかんであった。いうまでもなく『コギト』は、保田与重郎を中心とする日本ロマン派の源流であり、昭和七年から十九年にかけて、永く歴史を持続した同人誌である。『文芸文化』には保田をはじめ、伊東静雄、三浦常夫、中島栄次郎、田中克己、小高根二郎ら、コギト系統の人々が次々と寄稿している。とくに伊東静雄は、清水らの古い友人として、『文芸文化』の発行自体がその影響下に行なわれたといわれるようなすぐれた詩人であった。こうした関係から、三島の名は日本ロマン派周辺の人々にしだいに知られてゆくとともに、三島もまた同じ系統の富士正晴、林富士馬らと親しみ、伊東、保田にも面識をうるようになってゆく。

それは大体、昭和十八年から翌年にかけてのことで、戦争は次第に破局の段階に入るころであった。

3

この当時の生活と気分のことを、少し長いが三島自身の言葉で語らせておこう――

「まず十八歳の私。

戦争も敗戦の兆をはっきりあらわしてきて、東京がいつ空襲されるかわからない時期である。学校へは制服にゲートルを巻いて行かないと門番が入れてくれない。軍事教練が重要な課目になっている。

私はまじめな学生で、知的虚栄心があるから勉強はきらいではない。語学は独乙語だが、学校でいい成績をとる以上に、原書を渉猟したりする必要はないと思っている。どうせ兵隊にとられて、近いうちに死んでしまうのである。それを想像すると時に快さで身がうずく。でも、よく考えると死は怖いし、辛いことは性に合わず、教練だって小隊長にもなれない器だから、何とか兵役を免かれないものかと空想する。人並外れた空想力を持っているので、死ぬ直前に自分が僥倖によって救われて、スルリと安穏と両方を心ゆくまで味わえそうな予感がする。……

歌舞伎や能が好きで、娯楽と言ったら、そういうものを見にゆくのが関の山である。学校で強制される以外の運動は一切やらず、家にいるときは、ただやたらに本を読んだり小説を書いたりしている。読むのは文学書ばかりで、日本の近代小説やら、近世文学やら、中世文学やら、古典文学やら、仏蘭西の翻訳小説やら、勝手気儘に、自分の嗜好に合うものだけを片っ端から読む。それまでは仏蘭西の心理小説にかぶれて、その真似事ばかりやっていたのに、日本浪曼派の緋縅の若武者のような威勢に惹かれて、日本の古典を真似た擬古的耽美的な物語ばかり書くようになる。

私は文芸部の委員長になり、輔仁会雑誌という校友会誌を編集したり……いっぱしの文学青年気取で、父親の眉をしかめさせた。でも大学は父親のいうとおり法科へ進む気になっていた。どっちにしろ同じことだ。もうすぐ死ぬのだから。」(「十八歳と三十四歳の肖像画」)

ここに淡々と描かれたような高校生徒の肖像は、当時の文学好きな青少年たちのそれと多少とも似通っている。一種の気軽な生き方、かすかな悲劇的表情、いくらかの甘美な頽廃、夭折を確信するものの無意識な倨傲——それらがその表情を同じように彩っている。すべてが禁じられているがために、かえってあらゆる空想と耽溺が仮象の美の中で浄めれているという印象である。こうした心持から、豊かな才能を駆使して、古典的優雅のパロディを作り出すことは、易々たるものだったかもしれない。そうしてみると、三島を愛した先輩たちは、この少年のうちに、やや過剰に優美な古典主義のみを読みとったのかもしれない。——三島の中には、もっと暗い衝動、デスパレートで他をかえりみることのない兇暴な心理がひそんでいたかもしれないのだ。あたかも美しい絵本をよむ子供の心の中に、いかにおどろくべき邪念が浮かんでいようとも、それを大人たちが気づかないのと同じように。たとえば、次のような二つの詩文をよくみくらべてみるといいかもしれない。

やすみししわが大皇《おおきみ》の
おほみことのり宣へりし日
もろ鳥は啼きの音をやめ
もろ草はそよぐすべなみ
あめつちは涙せきあへず
寂としてこゑだにもなし
朗々とみことのりはも
葦原のみづほ国原

みなぎれり　げにみちみてり　（『文芸文化』昭和十七年四月号）

「少年期と青年期の境のナルシシズムは、自分のために何をでも利用する。世界の滅亡をでも利用する。鏡は大きければ大きいほどいい。二十歳の私は、自分を何とでも夢想することができた。薄命の天才とも。日本の美的伝統の最後の若者とも。デカダン中のデカダン、頽唐期の最後の皇帝とも。それから美の特攻隊とも。……こんな気ちがいじみた考えが高じて、ついに私は、自分を室町の足利義尚将軍と同一化し、いつ赤紙で中断されるかもしれぬ『最後の』小説、『中世』を書きはじめた。」（『私の遍歴時代』）

前者はさりげないほどに端正な古典詩のパロディである。しかし、後者はあらゆる清澄な古典美の反極を流動する不逞な錯乱の思想をあらわしている。ドイツ・ロマン派の生活と芸術を特徴づけたあの高邁なデカダン、神聖な無恥と同じものをそれは暗示している。彼らもまた、もっともヒロイックな人間的純潔とともに、一切の文明の殺戮者たる血まみれの暴君を夢みた人々である。純潔なマリアへの讃美と、醜悪なソドムへの翹望とをそのまま自己の姿として眺めえた人々である。彼らの生活と芸術を特徴づけるイロニイという方法は、あらゆる生命の遠心的逸走を一つの美的なアラベスクとして確保するロマン的自我の投影というものにほかならなかった。それは、自我を世界大の鏡に写してみせる美的ナルシシズムの極致であり、現実には世界拒絶の無倫理を可能とする方法でもあった。もっとも簡明にいえば、それは自己の感性の自然に戯れる無心な虚偽の世界観照といえばよいであろう。そして、それは戦争末期において、多少とも青年たちの生き方にふさわしくもあり、また強いられた方法でもあったのである。

三島を日本ロマン派にひきつけたものは、すべてそのようなロマン的心情であったことはたしかであろう。三島の中に、子供のころから認められる拒まれているという意識そのものが、ある異った存在に変身したいというそれ自体ロマン的な熱望であったし、美しい若者の惨死という反極的なイメージに官能的な悦楽を味わうというのも、いくらか病めるロマンティシズムの心理にひとしいものであった。すべてそのような内在的理由が、三島を日本ロマン派の周辺にひきつけ、その異様な熱気の底にひそむ深淵をながめさせたものとみても大した間違いではないであろう。三島はそこに、彼が本能的に感じとっていたあの凶事の危険な美しさがあるにちがいないと思ったのかもしれない。

しかし、少年三島とロマンティシズムとの遭遇には、どこかある偶然の戯れという印象がともなう。あるいは、偶然によって強いられた理由のある錯覚といってもよいかもしれない。勿論、偶然というのは、たまたま三島の青年期が未曽有の戦争時代と重なっていたということである。そして、戦争の美学には、一切のフォルムの解体という点において、奇態に青年の自意識に媚びるような要素が含まれているものである。

しかし、三島の日本ロマン派傾倒の中には、共感とともに微妙な反撥の要素が含まれていたことも事実である。同じような古典趣味、同じような耽美的傾向、同じようなナルシシズムにもかかわらず、それをとおして三島が美の方法として洞察したものと、たとえば保田与重郎のそれとは、微妙な差異を示していた。いうまでもなく、保田は日本ロマン派の中心人物であり、あたかもドイツ・ロマン派におけるシュレーゲルのような存在として、当時の文学的な青少年たちのアイドルであった。

三島は保田を一回だけ訪問したことがあるというが、その時の印象は、三島の感じた失望感のために、しばしばその回想の中にあらわれている。といっても、それはやや三島の側に過剰な予期があったための小さな思わくちがいにすぎないが、三島としては不思議に忘れられないエピソードであったようだ。

その時、三島は保田に対して、謡曲の文体をどう思うかと尋ねたという。なぜなら——「私は当時、中世文学に凝りはじめていて、特に謡曲の絢爛たる文体は、裡に末世の意識をひそめた、ぎりぎりの言語による美的抵抗であって、こういう極度に人工的な豪華な言語の駆使は、かならず絶望感の裏打ちを必要とする筈だから、それについて保田氏の浪曼主義者らしい警抜な一言を期待していたのである。」（『私の遍歴時代』）

保田の答えは三島を大へん失望させた。後になっては、そのことしか記憶に残らなかったほどに、失望は大きかったという。

「さあ、昔からつづれ錦といわれているくらいで、当時の百科辞典みたいな文章でしょう。」

保田はそんな風におっとりと答えたという。それは決して間違った答えではなかったし、三島が何を求めていたかを保田が察知する義理はなかったのだから、それはやはりたんなるエピソードというだけのものである。しかし、そこから、あるいはこの二人のロマンティシズムに対する関心なり、志向なりの差異をよみとることはできるかもしれない。

一般に日本ロマン派の美意識は、国学的なあわれの思想にもとづいている。人工、人為ということは、その関心からもっとも疎遠な考え方であった。もし世界がその内的な関連を見失い、亡びに近づいているならば、その亡びの意識がそのまま折にふれて自然に流露することこそ美であり、いかなる意味であれ「言語によるぎりぎりの美的抵抗」などは不遜な仕業であった。とくにこうした発想が保田の心情であり、その美意識と文体とを支えた基盤にほかならない。しかし、三島の美の思想は、むしろその点では対極に立つものであった。

彼は、その人なみはずれた空想力によって、ロマン的な主情主義のくりひろげるあらゆる錯乱を知悉していた。そして、彼自身の内部にも、そうした錯乱への翹望はみちみちていた。しかし、まさにその点において、彼の中にはあの幼年期以来の不吉な意識――己れが疎外され、拒まれているという悲劇的な意識がめざめてくる。ロマン的陶酔の中に漂う己れの姿にさえ陶酔しえないという傲慢な意識である。日本ロマン派――とくに保田にはそうした存在としての不安は意味をもたない。いわば彼の場合、あらゆる自我の意味は神々の手に委ねられ、芸術も自然も、同じ意味のものでしかなかったからである。彼にとって、リアリティはほとんど人間に関係なしに与えられていた。

三島はそれと異る。彼にとってリアリティを保証するものは、言葉だけであった。彼の存在そのものさえ、すでに述べたようにひいとしては何ものにでも変身しうるものであった。しかしそれは、何ものでもありえないということと同じであった。確乎たるリアリティの把握――それは彼にとって、「意識の純粋状態を達成せんとする必死の努力」(ハーバート・リード)によってしか、つまり、作り出された芸術によってしか保証されないものであった。三島が保田の作品のあるものには感動しながらも、その作品批評にはほとんど関心をもたないのも、そのあたりに関連している。

こうして、日本ロマン派と三島との交渉を、もしもっとも簡潔に清算してみるならば、次のようにいうのが結局いちばん正しいであろう。

「……この影響の一得は、日本の古典に親しんだことで、とにかく古典を読んだことは為になった。損をしたことは、少年期の感受性におぼれることを是認させるような口実を得たことで、日本浪曼派には、明治時代の浪漫主義とちがったひ弱な、薄命なものがあったことは争えない。それだけに一時代の正直で敏感な反映であって、当時の青少年に影響を与えるだけのことがあったのである。」（「堂々めぐりの放浪」）

ここでは日本ロマン派がそのまま「戦争」と同じ意味で語られているということにきづかれるはずである。戦争と三島との出会いは、日本ロマン派という姿において、三島のアイロニカルな必然であった。日本ロマン派は、すべて古典的なるものを讃美したが、それを再び己れのものとする方法には欠けていた。三島の資質には、その柔弱さをあなどるような、不敵な強さが含まれていたが、それが自覚されるのは、実は戦争との訣別の後である。

＊

いずれにせよ、三島とロマンティシズムとの関係はアンビヴァレントであった。そのことをもう少し考えてゆくとき、私たちは日本ロマン派のもう一人の詩人、伊東静雄と三島との遭遇ということに想いいたるはずである。この両者の出会いは、私には、戦争末期における青年たちの精神風景を象徴するあるなつかしいできごとのように思われるだけでなく、三島の精神史においても、決して小さからぬ意味をもっているだろうと想像される。

三島が堺市に近い伊東の自宅をはじめて訪ねたのは、昭和十九年五月、というから、まさにサイパン戦の最中であり、日本戦争体制の終末が近づいた頃である。その頃三島は、徴兵検査をうけるため、兵庫県に帰っており、その道すがら伊東を訪ねたわけである。当時、三島の処女創作集出版が富士正晴によって進められており、その用件もあったかもしれない。ところが、その前後の伊東静雄の日記には、次のようにはなはだ手きびしい記事が記されている。

「〔五月〕二十二日　学校に三時頃平岡来る。……俗人。」

三島の帰京の後、再び次のような記載がある。

「二十八日……平岡から手紙、面白くない。背のびした無理な文章。」

伊東静雄の戦争に対する姿勢と感情とは、その作品と日記の中に余すところなく語られている。それは、陶酔と孤独な覚醒との間にはりわたされた、一筋の絹糸を想わせる微妙な架橋であった。伊東の戦争に対するほとんど素朴な信頼と、自他に対するきびしい批評とは、そもそも相容れないものの均衡と緊張を示していた。そこから、たとえば林富士馬の追憶に書かれたような次のようにきびしい伊東の姿勢も生まれてくる。

「一体、先生ほど、遠慮会釈なく、ひとの悪口をいったり、噂をしたり、また心底から、ひとを罵り、冷やかに眺めて苛酷な人も少なかったと思います。しかしそれらのすべてを覆って、実に優しかったのです。ひととひとの世の醜いものを見抜くことが出来ないで、ひたすらに、優美な、小鳥のように歌うひとではなく、伊東さんのあの狼のような目玉には、否応なく強いられる僕たち一切の醜悪が、反映せざるをえなかったと思われます。」（「思い出」）

伊東は、たとえばある作家を評して、その日記に「何という才ばしった俗人。自分にはよくわかる。自分の中の俗人に」という風に屈折を含めて書く人であった。こうした伊東の眼に、はじめて出会った（もちろん、三島の作品を伊東は知っていたし、文通もあったが）青年三島の何が俗人と映り、何が背のびと思われたかは、確実には知りようもないことがらである。ただ、伊東は、その頃の青年たちのロマン主義的な上すべりに必ずしも同感していなかったし、とくに伊東自身に対する若い讃美者たちの接近を拒否するような姿勢があった。三島自身その処女出版への序文を伊東に求めて、あっさりとことわられてもいる。そして、そのような伊東の眼には、死を目前にした青年の幾分陽気なニヒリズムやナルシシズム、文学的野心のごときものは、もっともいとわしいものであったかもしれない。

事実、三島の中にはその頃、たしかに一種の不純さがあった。彼自身、その処女出版『花ざかりの森』のことを回想して、次のように正直にその気持を述べてもいる。

「……十九歳の私は純情どころではなく、文学的野心については、かなり時局便乗的でもあったことを自認する。『花ざかりの森』初版本の序文などを今読んでみてイヤなのは、その中の自分の全部がそうだとはいわないが、何割かの自分に、小さな小さなオポチュニストの影を発見するからである。」（『私の遍歴時代』）

たしかにこの序文（と三島は書いているが、多分「跋に代えて」という後書のことだろう）は、それまでの三島には見られない文体上のよろめきとポーズの目立つもので、一見そっくり保田調といってよいものである。この頃、三島にはそうした背のびを必要とするような、なんらかの心の乱れがあったのだろうかと疑いたくなるほどである。

しかし、それらのことを含めても、やはりこの遭遇の中には、ある稀有の孤独をいだいた中年の詩人と、夭死の確信に陶酔した高慢な若者との間の、微妙な精神上のドラマがあるのを私は感じないではいられない。三島自身、終始一種の自己批評の達人であったが、次のように書いたことがある。

「僕は詩人だ。一皮剝けば俗人だ。もう一皮剝けば詩人だ。もう一度剝けば俗人だ。もう一度剝けば詩人だ。ぼくはどこまで剝いても芯のない玉葱だ。」（「盗賊ノート」）

ロマン的俗物と詩人の陶酔との間の分裂――それは早くも戦中において三島の直面した問題であったかも知れない。

後年、三島は伊東の死を追悼して次のような文章を書いている。

「氏は純潔で、孤独で、わが少年期の師表であった。しかし今、氏の作品を読み返してみると、その徹底的な孤独に対して、文字どおり騒壇の人となった自分を恥じるのみである。記憶はおぼろげながら、あの貴重な面晤の際、何か氏の大事な訓戒を耳にしたような気がするのである。思い出すことの困難さが、氏のやさしい、しかし厳しい沈黙の表情をばかり思い出させる。氏が教えを垂れたのは、沈黙についてではなかったか。」(『祖国』昭和二十八年八月号「伊東静雄氏を悼む」)

この時、三島が感じとったものが果して伊東の真意であったか否かは、わからない。しかし、三島の芸術の仕事に、この時の教訓はどこかに生かされ、どこかで三島を守護しているように、私は感じる。

4

戦争末期における文学的な野心――その野心を支える少年期のナルシシズム、すべては亡びるとかたくなに信じたものの奇怪なオポチュニズム、それらすべてを含めて、しかも三島は十分に幸福であったといってよい。

「戦争はわれわれ少年にとって、一個の夢のように実質なき慌しい体験であり、人生の意味から遮断された隔離病舎のようなものであった。」(『金閣寺』)

「私一人の生死が占いがたいばかりか、日本の明日の運命が占いがたいその一時期は、自分一個の終末観と、時代と社会全部の終末観とが、完全に適合一致した、稀に見る時代であったといえる。」(『私の遍歴時代』)

こうして、三島は「こういう日々に、私が幸福だったことは多分確かである。」なぜなら、「できるだけ正確に思い出してみても、あれだけ私が自分というものを負担に感じなかった時期は他にない。私はいわば無重力状態にあり……私の住んでいたのは、小さな堅固な城であった」からと証言している。

事実、戦争は奇怪な倒錯の姿ではあれ、失われた人間たちの楽園を回復する。ドイツ人たちのいうその「死の共同体《トーデスゲマインシャフト》」のもとでは、あらゆる人間の感情と行動に死の聖痕《ゾルゲ》があらわれ、その恩寵によって、人間は一切の日常的配慮から根源的に解放される。三島のいう、「狂おしい祝福であり祭典であるような事態」がひろがり、生活は日々の秘宴《オルギア》にひとしくなる。とくに少年たちにとっては、戦争は永遠の休暇、不朽の抒情詩というべきものに転化する。

これは言葉の誇張というものではない。人は、ちょうど三島が徴兵検査で第二乙種に合格した昭和十九年二月の頃、新聞紙上で「人生二十五年論争」というのが闘わされたのを想起すればよい。人生二十五年と見きわめた少年たちのいさぎよい美しさを讃美した投書があらわれたのに対して、その考え方にひそむ頽廃を指摘し「投げやりな気持に心をむしばまれてゆく隙」を与えるものと非難したもう一つの投書がのせられた。たちまち、多数の少年たちの抗議文がこの後者に対して殺到した。

「人生二十五年とは昭和の武士道精神であり、……いやしくも道義の招くところ、喜んで死地に入り一命を致そうとする義烈の気性が、すなわち熟して武士道と結ぶのだ。軽々しい流行語と妄語せられては困る。」

人生二十五年のシンボルに祝福された終末を見た少年たちは、したがってまた自己の青春の不滅をも確信していた。このような世界、このような季節が終ることがどうして考えられよう。なぜなら、彼らがもう一度生きるであろうなどと保証する何ものもなかったのだから。――

しかし、いかなる幸福も不朽ではなく、災は忘れられたころに来る！　一九四五年夏は、突如としてそのような浄福の時代の終焉を宣告する。

＊

昭和二十年八月、三島は東京帝国大学法学部法律学科の学生として、神奈川県高座の海軍工廠に暮していた。その年二月、三島にも召集令状が来て一度は営門をくぐっているが、「医師の誤診により即日帰郷」を命じられ、その春以来、勤労動員学徒として、群馬県の中島飛行機小泉工場に配置されたのち、間もなく高座に移されていたのである。

その頃のことを三島は次のような二つの文章で回想している。

「終戦まで、私は一種の末世思想のうちに、反現実的な豪奢と華麗をくりひろげようというエリット意識に酔っていた……」（「学生の分際で小説を書いたの記」）

「……私は当時の現実を捨象することに一生けんめいで、もはや文学的交際も身辺に絶え、できるだけ小さな、孤独な美的趣味に熱中していたものと思われる。いずれは死ぬと思いながら、命は惜しく、警報が鳴るたびにそのまま寝てすごす豪胆な友だちもいるのに、いつも書きかけの原稿を抱えて、じめじめした防空壕の中へ逃げ込んだ。その穴から首をもたげて眺める、遠い大都市の空襲は美しかった。炎はさまざまな色に照り映え、高座郡の夜の平野の彼方、それはぜいたくな死と破滅の大宴会の、遠い篝のあかりを望み見るかのようであった。」（『私の遍歴時代』）

＊

八月十五日が、そうしたロマネスクな美の世界の大崩壊であったことはいうまでもない。三島はそのいたましい瞬間にいくたびも立ちかえり、秘術をつくしてその光景を記録しようと試みている。

「私はその写し（日本降伏の米軍ビラ）を自分の手にうけとって、目を走らせる暇もなく事実を了解した。それは敗戦という事実ではなかった。私にとって、ただ私にとって、怖ろしい日々がはじまるという事実だった。その名をきくだけで私を身ぶるいさせる、しかもそれが決して訪れないという風に私自身をだましつづけてきた、あの人間の『日常生活』が、もはや否応なしに私の上にも明日からはじまるという事実だった。」（『仮面の告白』）

「……今も私の前には、八月十五日の焔のような夏の光りが見える。すべての価値が崩壊したと人は言うが、私の内にはその逆に、永遠が目ざめ、蘇り、その権利を主張した。金閣がそこに未来永劫存在するということを語っている永遠。」（『金閣寺』）

三島は別のところで、平和の開始に対する同じ恐れを「いよいよ生きなければならぬと決心したときの絶望と幻滅」というふうにも表現している。

戦争の終焉がある種の青少年たちによびおこした絶望感を、これほど不敵な怨念をこめて表現した文章は稀であろう。普通、人々は、平和の回復によって、あのなつかしい日常性がもどってきたと感じ、悪夢のような異常な時が終って、気易い日々の生活が始ったと思ったであろう。しかし、三島にとっては、すべてが逆しまごとであった。平和こそが異常だったのである。そしてそれこそが少年の時から彼を脅かしつづけたあの不可能の世界、凶ごとの実現にほかならなかった。

三島の戦争期における文学上の営みを究極において支えたものは、すべてが終末に向って疾駆しつつあるという官能的な陶酔感であった。死を恐れながらも、世界の終末に立会うという絢爛たる空襲の虚栄は、三島の孤独な美的作業を名状しがたい悦楽の感情でみたしていた。空襲下に、彼の書きつづけていた能楽的な妖気をたたえる作品「中世」にも、一見平和な少年期のメルヘンを描いた「岬にての物語」にも、すべてが予定された終末へと迅速に推移することを確信した少年の甘美な満足感が反映している。もしそのままに推移するならば、三島は世界への完璧な調和を保ったまま、抒情的な一片の焔と化して世界の亡びに一体化しえたであろう——彼は、自分を薄命の天才詩人と信じたまま、予定された終末へと融けこんでいったかもしれない。

しかし今や事情は変更される。彼の文学も人生も、もはや終末の美に口実を見出すことはできない。彼のあのロマネスクな美的趣味も、もはや悠久な死の影に庇護された戯れとしては弁明しえない。すべてが許されるという戦争期の恩寵は突如として失われ、一切は新たに始った日常性によって検証されねばならない。趣味は仕事にかわらねばならず、人生はまさに時々刻々の禁欲へと変化しなければならない。戦争という終末の神によって聖別され、祝福された三島の存在そのものが、見も知らぬ隠れたる神＝平和によって審査され、断罪されねばならない。

こうして戦後は少年たちへの業罰として、その無心な陶酔への応報として、絶望的な処刑の場面となる。別にいいかえれば、それはロマン化された詩人の世界が崩壊し、日常的規律に支配された俗人の権威がとってかわったことでもある。戦争末期、三島の保っていた小さな文学的名声もまた当然に瓦解し「戦争末期に、われこそ時代を象徴する者と信じていた夢も消えて、二十歳で早くも、時代おくれになってしまった自分を発見」することになる。

ところで、三島の絶望に具体的な形を与えた、もう少し、人間的な事情があった。そのことを彼は次のように記している。

「日本の敗戦は、私にとって、あんまり痛恨事ではなかった。それよりも数カ月後、妹が急死した事件のほうが、よほど痛恨事である。

わたしは妹を愛していた。ふしぎなくらい愛していた。……死の数時間前、意識が全くないのに、『お兄ちゃま、どうもありがとう』とはっきり言ったのをきいて、私は号泣した。

戦後にもう一つ、私の個人的事件があった。

戦争中交際していた一女性と、許婚の間柄になるべきところを、私の逡巡から、彼女は間もなく他家の妻となった。

妹の死と、この女性の結婚と、二つの事件が、私の以後の文学的情熱を推進する力となったように思われる。……私は私の人生に見切りをつけた。その後の数年間の、私の生活の荒涼たる空白感は、今思い出しても、ゾッとせずにはいられない。年齢的に最も潑剌としている筈の、昭和二十一年から二、三年の間というもの、私は最も死の近くにいた。」(「終末感からの出発」)

これは、たしかに人をゾッとさせるような血みどろの告白である。とくにいわゆる戦争世代の人々は、それぞれの体験の差異をこえて、そこに己れの死屍に似たものを見出して竦然とするかもしれない。あの時期の焼跡の匂い、グロテスクな闇市の賑い、兇暴な夏の日ざし、血走った青年の眼ざしまでがそこから浮かんでくるかのようである。

妹の死は、三島にとって、あたかも失われた浄福の日々の終焉を象徴する事件であったかもしれない。また、その一人の女性の結婚とは、戦争と日常性に関する三島のロマネスクな観念に、痛烈な一撃を与えた事件であったかもしれない。それは「戦争の破局のなかでも、人間の営みの磁針はちゃんと一つの方向へ向ったままだった」（『仮面の告白』）という絶望的な認識を意味したでもあろう。いずれにせよ、三島が戦争の季節に抱懐したあらゆる精神的営為は、呪縛をとかれた幻影の城楼のように、ことごとく瓦礫として葬らねばならないものと思われた。三島のあらゆる感受性が処罰され、あの存在の欠乏感が彼の心身に喰いこんできたであろう。自殺の想念もまた当然にその心に浮かんだはずである。しかし、彼の中には、自殺者よりもはるかに強烈な自己放棄の衝動があったと思われる。彼は、前文につづけて、次のように書いている。

「未来の希望もなく、過去の喚起はすべて醜かった。私は何とかして、自分、及び、自分の人生を、まるごと肯定してしまわなければならぬと思った。」

私はこの言葉に、芸術家としての三島の決意が示されていると思う。それは別にいいかえれば、次のような確信からの出発でもあった。

「お前は人間ではないのだ。お前は人交りのならない身だ。お前は人間ならぬ何か奇妙に悲しい生物だ。」（『仮面の告白』）

戦後二、三年の三島の生活感情を要約したような「重症者の兇器」（『人間』昭和二十三年三月号）における認識もまた、右に述べられたものと同じである。ここでも彼は、自分を含めた戦争時代の若者たちが、決して世の通念の理解するような人間ではないことを、ある哀切な猛々しさをこめて主張し、宣言している。そこにいわれる「健康という不治の病」をいだいた若者とは、いいかえれば傷ついて病むこともできず、病んで自殺することも禁じられた不自然な、呪われた生物であり、人間の日常生活にあこがれながらも、決してそれに同化しえない異形の人種にほかならなかった。勿論そこにはいくらかロマン主義的でグロテスクな誇張が見られる。しかし、その基調をなしている悲痛な叫びには、前文に引用した体験がそのままに迸っているといってよいであろう。

5

戦後の二、三年間、三島は一種兇暴な荒廃の中に生きていたようである。というのは、しかし生活の外形のことではない。三島は敗戦の翌二十一年には、川端康成の推輓で「煙草」を『人間』六月号に掲載し、いちはやく文壇にデビューしているし、二十二年、東大を卒業して大蔵省に入る前後にかけても、おびただしい創作・戯曲・エッセイをさかんに発表している。しかもなお、彼の内部には荒涼としてなんの慰めもなかったようである。

「せっせと短篇小説を書き散らしながら、私は本当のところ、生きていても仕様がない気がしていた。ひどい無力感が私をとらえていた。深い憂鬱と、すばらしい高揚感とが、不安定に交代し、一日のうちに、世界で一等幸福な人間になったり、一等不幸な人間になったりした。私は自分の若さには一体意味があるのか、いや一体自分は本当に若いのか、というような疑問にさいなまれた。」（『私の遍歴時代』）

当時、三島のそうした絶望の本質を、遠くからあやまたず理解していた二人の文学者がいたと思われる。一人は川端康成であり、一人はほかならぬ伊東静雄であった。川端は三島の姿の中に、一人の青年と一人の芸術家の宿命を同時に見つめていたようである。

「……三島君の二十代も悲劇的なものを含んでいる。戦争のせいばかりではなく、日本の文学もようやく近代に目覚めると同時に、近代に迷いこんだからであろう……三島君の新しさは容易に理解されない。三島君自身にも容易には理解しにくいのかもしれぬ……」（昭和二十三年刊『盗賊』の序文）

川端はそのように書いたのち、当時三島作品に対する非難としてしばしばいわれたその技巧性・人工性ということについては「この脆そうな造花は、生花の髄を編み合わせたような生々しさもある」とのべて機微にふれた理解を示している。

伊東静雄は、昭和二十二年、三島が『岬にての物語』を刊行して寄贈したのに対し、礼状をかねて何か三島の慰めとなる文字を書き送ったようである。それに対する三島の返簡だけが残されているが、そこには伊東の葉書を「私の幸運のしるしのように思え、心あたたかな毎日を送ることができます」という言葉がある（小高根二郎『詩人、その生涯と運命』）。

ともあれ、戦後の混沌は三島の精神にもまた強烈な印象を残し、荒廃の感覚の中から不敵な自己回復をめざす三島の心に、あらたな方法の可能をめざめさせたといえよう。戦争期とならんで、三島がしばしば戦後の二、三年間を一つの祝福としてなつかしげに回顧しているのはそのためであろう。

こうした自己回復の最初の試みが長篇『仮面の告白』の執筆である。それは「自分及び自分の人生をまるごと肯定」しようとする渾身の作業であった。世界との調和をたたれたものが、再び拳をふるってその回復をはかる試みである。通常、そのような危機におかれた日本の作家たちは、いわゆる私小説的告白の方法によってその克服をはかることが多かったが、三島のこの告白には、どこか異様なところがある。要約していうならば、それはなんらかの人間的罪障感をともなった告白というものではなく、三島自身のいうように「完全な告白のフィクション」であった。いいかえれば芸術としての告白であり、その意味では非人間的な告白でさえあった。つまり、それによって人生との和解を呪術的に回復しようとする伝統的私小説の告白とは全く異り、むしろその点では逆の志向をさえ含んだ告白であった。すでに述べたような意味で、三島の精神は告白すべき生活を知らなかった。そこにおいてなお告白が可能とすれば、それはいわば純粋行為としての告白——厳密な文体と言葉の作業仮設の上に告白の擬制体系をきずきあげることだけであった。生活があって後に告白があるのではなく、フィクションとしての告白があって、はじめて三島の芸術的生活があるという関係ともいえよう。

この作品は、三島にとって、あたかもゲーテにおける『ウェルテルの悲しみ』に似た意味をもっている。それはいずれも「精神的危機から生れた排泄物というべき作品」として、作者によって関心の外におかれるという運命を共通にしている。三島はまた「この本は今までそこに住んでいた死の領域へ遺そうとする遺書だ。この本を書くことは私にとって裏返しの自殺だ」というふうにも語っている。いずれにせよ、三島にとって、それは最初の「小説」であり、それ以前のものは、むしろあの聖別された死の季節における無邪気な「詩」にすぎなかったということになる。それは同時に、戦争と青春の偶然の一致によって形成された三島自身の「内心の怪物を何とか征服」しようとする作業でもあった。三島の自由な感受性は、はじめて汗を流したであろう。作品全体は、厖大な疲労によって築きあげられた透明な混沌の印象を与える。

しかし、芸術家としての三島の経歴を考える場合には、むしろこの作品の完成したのち、三島の心に浮んできた次のような感想と決意こそが重要であろう。

「……内心の怪物を何とか征服したような小説を書いたあとで、二十四歳の私の心には、二つの相反する志向がはっきりと生れた。一つは、何としてでも、生きなければならぬ、という思いであり、もう一つは、明確な、理知的な、明るい古典主義への傾斜であった。私はやっと詩の実体がわかって来たような気がしていた。少年時代にあれほど私をうきうきさせ、そのあとではあれほど私を苦しめてきた詩は、実はニセモノの詩で、抒情の悪酔だったこともわかってきた。私はかくて、認識こそ詩の実体だと考えるにいたった。それと共に、何となく自分が甘えてきた感覚的才能にも愛想をつかし、感覚からは絶対的に訣別しようと決心した。」(『私の遍歴時代』)

これは、『仮面の告白』がもたらした一時期の静謐であったかもしれない。三島は、必ずしもその決意のとおりには生きてゆけなかったからである。しかし、それにつづけて、彼はおどろくほど素直にその決心をくりかえしている。

「そうだ、そのためには、もっともっと鷗外を読もう。鷗外のあの規矩の正しい文体で、冷たい理知で、抑えて抑えて抑えぬいた情熱で、自分をきたえてみよう。

『小説家が苦悩の代表者のような顔をするのは変だ』とも私は考えた。『小説家というものは、しじゅう上機嫌なものだ。

　スタンダールを読んでも、バルザックを読んでも、どんな悲しみの頁の背後にすら、作者の上機嫌な面持がうかんでくる。
　僕も小説家である以上、いつも上機嫌な男にならなくてはならぬ。』」(『私の遍歴時代』)

これは、まるで武士の倫理のようなものである。いかなる悲境に立っても、決して女々しくあってはならぬというストイシズムは、実はこの病気がちだった人間の古い記憶につながる倫理感覚でもあり、同時にその文体感覚でもあった。鷗外は、実に三島の戦争体験の時代に、いいかえれば彼がその感性の自然に陶酔した時代に、ひそかな約束のように彼をとらえていたもう一つの体験にほかならなかった。さらにいいかえれば、それは平和な戦後を、そのまま戦争の時代のスタイルで生きるという、独特な男らしさを保証してくれるはずの規範であった。

「大学時代に森鷗外を読んだのが、私の衛生学になった。私は自分の悪しきものを否定する契機を得た。それまで私はついぞ鷗外に親しめないでいたのである。戦後しばらく、一方では鷗外にあこがれながら、一方では今までの感覚的なものへの耽溺からぬけ切れない時期がつづいた。私は年齢と共に可成自分の感受性を整理してきたと思っているが、『禁色』の二部作は、その総決算の意味で、もっとも感性的な主題を『手を濡らさずに水のなかからとりだして』みようと試みた試作である。」(「堂々めぐりの放浪」)

いうまでもなく鷗外のスタイルは、日本ロマン派のそれと極端にことなっている。日本ロマン派は鷗外を讃えるであろうし、また実際に讃えもした。しかし、彼らはその讃美そのものをまた柔弱にロマン化した気味がある。三島は、全く異質の模範として、及びがたい理想として、鷗外を見ているようなところがあり、実はその方が、はるかに鷗外のストイックなロマンティシズムに近かったのである。

＊

こうして『仮面の告白』によって、三島のいわゆる遍歴時代はおわっている。それ以後における三島の文学的立場は、次のような言葉に要約しうるといってもよいであろう。

「私は一部から耽美派作家のようにいわれているが、小説というものは、無際限かつ無道徳な人間的関心に成立つものであるから、そのためにも、その唯一の倫理的基準が『美しく正確にものをいう』というところにあるべきだと思われる。もちろん散文の美しさは、美しさが身を隠すところに生ずべきものである。そういう意味の美しさの探求から、私はギリシャにあこがれるにいたった……」(同上)

三島は昭和二十六年十二月から翌年五月まで、初の外国旅行へ出かけた。四月には「眷恋の地」ギリシャを訪れている。それは、少年期いらい彼を悩ましつづけてきたあの過剰な感受性――怪物のようなにせの内面性への自己嫌悪から、三島を解放してくれたように思われた。

「希臘人は外面を信じた。それは偉大な思想である。キリスト教が『精神』を発明するまで、人間は『精神』なんぞを必要としないで、矜らしく生きていたのである……希臘劇にはキリスト教が考えるような精神的なものは何一つない。それはいわば過剰な内面性が必ず復讐をうけるという教訓の反復に尽きている。」（『アポロの杯』）

多分、このあたりに表白された三島の基準をもととして、その後二十年にわたるその人と作品のすべてを測定することができるはずだといえば、あまりに一面的で無雑作ないい方になるかもしれない。しかし、むしろ私としては、そのようにさっぱりと考えた方が、この鬼才とよばれる作家の多彩な活動に親しみをもって接することが出来るように思われる。

三島の活動の多彩さとは、もとよりその作品のおびただしさと、ジャンルの多様さを意味している。その素材にいたっては「各時代のあらゆる特質や諸階級の人物を取扱う一方、空間的には日本の各地方や外国さえも作品の舞台として使ってきた。時事問題の範囲だけでも、他の小説家がほとんど言及しない選挙、ストライキ、ダム建設、あるいは空飛ぶ円盤さえもテーマにしている」とドナルド・キーンの驚嘆する通りであり、そのジャンルもまた小説のほか、『近代能楽集』に収められた独特の演劇や歌舞伎台本、映画作品までが含まれている。しかし私がここでいう「作家の多彩な活動」とは、文字通りその騒々しいまでの肉体的な行動を含んでいる。週三日のボディビルをはじめ、週二日の剣道修業、中途で止めたボクシング、御輿かつぎ、映画出演、ヌード写真のモデルにいたるまで、作家や批評家を唖然とさせたばかりでなく世間的にも賑やかな話題を投げた活動が少なくない。その意味ではまた「よく西部劇に出てくる成上り者のコールマンひげを生やした悪者の住んでいる」的な邸宅の新築も、三島の行動の一つに数えられるであろうし、そればかりか世間では三島の「見合結婚」をさえ、なにやかやと話題にしたものである。

私はそれらの「行動」までを含めて、前に引用した三島の文章は適切な基準を与えていると思う。

しかしまた、一方ではそのような男性的倫理の立場を作りあげたストイックな美学の彼方に、彼はたえず巨大な翼をひろげるもう一つの世界をみつめていることも明白である。それは彼の作品の中に、不思議な主人公のようにしてしばしばあらわれる「海」のイメージである。三島は年老いたファウストのように、その不可侵の国土を支配し、厳正な古典美の風光をあの海から守っているように見える。彼は、混沌とした海の動揺や膨らみをも、その文体の威令のもとにみごとに制御しているかのようである。しかし、三島の中には、ほとんど不滅のもののように、かわることのない一つの情熱が内在している。それは、たえず何ものでもない自己――現にある自己とことなるもう一つの自己への熱望である。幼年期から戦争期を貫いてかわらぬ「もう一つの目、もう一つの心、もう一つの命」への渇望は、まさに純然たるロマン的変身への期待であり、具体的にいえば、世界終末へのたちがたいエロティックな関心である。

人はしばしばそのような三島の傾向を評して、「ファシズム」といい「危険な」作家の嫌疑をかける。しかし、かつての三島が、日本近代史において、もっとも近代的ファシズムの心情に接近した日本ロマン派に対して、どのように対処したかを想起するならば、そのような問題提起が見当違いだということは大体見とおせるはずである。そればかりではなく、三島はファシズムの魅力とその芸術上の危険とを、いかなる学者先生よりも深く洞察した作家である。ファシズムの下においては、三島の習得したあらゆる芸術＝技術が無用となることを、彼はほとんどその死を賭して体験した一人であるかもしれない。

こうして、現在の三島は、少しばかり信じがたいような表情をたたえながらも、お伽噺の王様のように、次のようにおごそかに呟いている。

「最後に、何もかも怪しげになったところへ、やって来るのは本物の楽天主義だ。どんな希望的観測とも縁のない楽天主義だ。私は私の心が森の鍛冶屋のように、楽天的であることを望む。」（『われらの文学』5収載『われら』からの遁走」）

これは不思議に戦争期の青年のスタイルへの回帰である。あるいは「人間一生は誠に纔《わずか》の事なり。好いた事をして暮すべきなり」などと呟いた三島の好きな『葉隠』の小体な武士の言葉のようにも見える。――

しかしはじめに暗示したように、このような「伝記」もまた一種の仮構にほかならないかもしれない。小林秀雄ではないが、「生きている人間というのはまことに曖昧な代物」であり、到底死んだ人間ほど明確な輪郭をもってはいない。いわんや三島自身、そのスマートな自伝『私の遍歴時代』を次のような言葉で平然と結んでいるのである。

「……してみると、こうして縷々と書いてきた私の『遍歴時代』なるものも、いささか眉唾物めいて来るのである。」

中間者の眼

はじめに

私はすでに三島由紀夫については何度か書いたことがある。そして、今のところ、これだけはとりあげてみたいという問題もない。いや、問題がないのではなく、それをこれまでとはことなった形でとりあげるには、私の方に新たな準備も力もそなわっていないということである。本誌編集長への同業者的同情（私は雑誌『中国』を手伝っている）から執筆を承諾したものの、それでいくらか困っている。

もう一つ、困っているといえば、私の三島由紀夫論は実はかなり評判が悪いのである。たとえばわが友であり碁敵である井上光晴は、どうもお前の三島論は深読みしすぎるというふうにけなす。深読みというのはものごとの実相をありのままにとらえないで、そのかわりに自家用のイメージを積み上げてしまうことをいうのだろうが、たしかに風車を巨人と深読みするドン・キホーテなど、批評家として滑稽たらざるをえまい。私の三島論はそのたぐいだと井上はくさすのである。

しかし、それはまだいいとしても、もう少し困る事情がある。たとえばこれもかつての仲間だった武井昭夫などになると、もっと底意地悪く私の三島論などを見ているようなところがある。要するに日本ロマン派の地金をしだいにお前もあらわし始めたな、といわんばかりに睨めているのである。一犬虚に吠えて実の万犬にとりかこまれるなど、私としても面倒臭いのである。

更につけ加えると、やはり友人である真面目な学究者たちからも、私の三島論は良くないと批判される。これは要するに現在の政治と思想の諸状況の中で、発言の社会的効果ということについて、もっと厳正たれという意味の忠告である。

それやこれや、とりまとめるとかなり沢山の不評ということになる。そして、不評ということはやはり困ったことにちがいない。三島の好きな『葉隠』にいわゆる「大高慢」の精神など、私には甚だ縁どおいので、すべてそういう煩わしい不評は困ったことなのである。

しかし、すべてそれらのことは、私がこれまでに三島について何かを書いたときからすでに存在した事情にほかならない。私はその条件の下に、三島について、書きたいことを書いて来たので、今更それらの不評について註解を施こそうとは思わない。ただ、こうした状況があるということは、やはり三島を論ずる場合の一つの出発点にはなるだろうと思うだけである。

a

このごろ、三島の書いているものを見ていて、彼の脳中にうずまいているらしい一つの想念に気づかされることが多い。といっても、私はどんな作家にしろ、丹念忠実な読者ではないので、今頃そんなことに気づくというのがそもそも迂濶な話かもしれないが、私のいうのは、たとえば次のようなことである。

「僕がいちばんこのごろ考えることは、戦争に負けたときの断絶感が、僕のなかでかなり大きな問題ですが、その断絶感は断絶感として、連続性はどこにあるのだろうということを、いちばん考えたくなる。その連続感というのは、なにも政治的な問題ばかりではなく、子供のときに大学芋という芋があって、その芋を食ってうまかったとか、学校の帰りにおふくろに歯医者に連れていかれた、その歯医者が町角のどこにあって、二階のカーテンの色がどういう色だったとか、そういうこととか、それからずっと戦争体験と、戦争に負けたことと、いまと連続してなければ困る。文学者はそれが連続してなか

ったら、文士ではないと思う。」(I,p.139)

これはうっかり読めばそれほど気になる言葉ではない。ある年齢に到達した人間は、文士にかぎらず多少ともこれに似た想念をいだくはずである。いったい俺はこの人生において何をして来たのかという、中年期の生活者にはありふれた感慨の一つと見てかまわないものであろう。そして、いかなる人物であれ、こうした感慨をいだくような時には、ある微妙な危機に立たされているということもたしかである。

幼年期から青年期を過ぎたと思われるころから、人間は誰しも己自身の経歴の意味の連続について、かなり不吉な疑惑をいだきはじめるようになる。その度合いはもちろん人によってさまざまであり、なかにはほとんどそうした危機感にとらわれることのない、幸福な種族もいないではない。その種のタイプもそれとして非常に興味ある存在であるが、ここで問題としているのは、やはり自己の存在の意味について、一種アノミックな喪失感をいだくような人間のことである。そして、そのような場合、人間はしばしば記憶障害に似た錯乱におちいることさえまれではないようだ。

いま引用した三島の言葉なども、上述のようなかなり一般的な想念として見ることができる。しかし、私はむしろそこに、ちょっと旨く規定しにくいような、ある悲劇的な不安を感じとるのである。以下、私は三島の中にある(と私の考える)その不安について述べてみたいと思う。

b

「青年の盲目的行動よりも、文士にとって、もっと危険なのはノスタルジアである。そして同じ危険と云っても、青年の犯す危険には美しさがあるけれど、中年の文士の犯す危険は、大てい薄汚れた茶番劇に決っている。……しかし、一方では、危険を回避することは、それがどんな滑稽な危険であっても、回避すること自体が卑怯だという考え方がある。」（Ⅲ,p.456）

これは、私がまさに問題にしようとしている三島の最近の心境をきわめて端的に表明した文章である。aにおいて三島は自己にとっての大学芋と歯医者の室のカーテンの色と、戦争と、そして敗戦の体験とを一つの連続としてとらえたいという願望を述べている。つまり、すべて、三島が幼年期いらい経験した無数の意味のある、もしくは意味の不明な出来事を、一つの純粋な連続としてとらえたいという欲求が、三島の中でしだいに高まっている。そしてbにおいては、その欲求が「ノスタルジア」という名でよばれている。このノスタルジアというのは、nostos（帰郷）とalgos（痛苦）を結合した言葉であることからもわかるように一種の病気を意味していることはいうまでもない。これが昂進すると狂気もしくは死をもたらすという例のことを、私はたしかミヘルスの『パトリオティスムス』という本で読んだ記憶があるが、それほどに危険な疾病の一つに、三島は、已みがたく心をひかれているというのである。しかも――「(三島のような作家にとって) 危険とは何を意味するか? 私にはそこのところが非常に興味がある。年々その興味が募って、今ではその興味のために発狂しそうだ。」(Ⅲ,p.457)
三島自身、已れの「ノスタルジア」がどれほどにきわどいところにまで昂進しているかをきわめてよく知っている。否、すでに知りすぎるほどである点に、その病症の重さがあらわれているという意味がある。そして、その関係をもまた三島は正確に見抜いている。Ⅲの中に描かれた狂言「釣狐」の老狐の姿は、三島自身のそうした哀切な願望のすさまじい形象化である。

c

ここで、恐らく誰しもが思い浮べるであろうことは、三島が戦後のその出発にさいして、自己及び自己の世代を「健康という不治の病」に侵されたものとして規定していることであろう。これは実に奇妙な、というより、むしろみごとな暗合を思わせる帰結である。一切の「健康」や「病気」をこえて、そのいずれをも支配する「自然」のような何ものかが、今三島の精神と肉体とをとらえようとしているのであろうか。膨らみ、高揚した「健康」が、その極限において、ごく自然に、それと同じくらいに充実した「病気」の水平に向って、津波のような逆流を開始したというのであろうか。いったい三島の中に何が起ったというのか。たとえば次のような文章を見るとき、私もまた不吉なほどの好奇心を喚起されざるをえないのである。

「……僕も、だんだんこの十年くらいで、イライラすることが多くなって、これは年取ったのではないかと思うのですが、なんだか知らないが、腹が立ってる。腹が立つと、人に会えば嫌なことを言うに決まっているから、なるたけ人に会わないようにする。なにが気に入らないのかよくわかりませんが、そういう心境になることが多い。どうしてかと思うのだけれども、それでは、若いころ愉快だったかというと、そう愉快でもなかったですね。」(I,p.8)

「一方、私の中の故しれぬ鬱屈は日ましにつのり、かつて若かりし日の私が、それこそ頽廃の条件と考えていた永い倦怠が、まるで頽廃と反対のものへ向って、しゃにむに私を促すのに私はおどろいていた。(政治的立場を異にする人たちは、もちろんこれをも頽廃の一種と考えるだろうことは目に見えている）私は剣道に凝り、竹刀の鳴動と、あの烈しいファナティックな懸声だけに、ようよう生甲斐を見出していた。そして短篇小説『剣』を書いた。

私の精神状態を何と説明したらよかろうか。それは荒廃なのであろうか。それとも昂揚なのであろうか。徐々に、目的を知らぬ憤りと悲しみは私の身内に堆積し、それがやがて二・二六事件の青年将校たちの、あの劇烈な慨《なげ》きに結びつくのは時間の問題であった。なぜなら、二・二六事件は、無意識と意識の間を往復しつつ、この三十年間、たえず私と共にあったからである。」（II,p.227）

bにおいていわれたノスタルジアの具体的な核心がこの二つの文章に明らかに告知されている。もちろん、二・二六事件そのものはまた、三島のノスタルジアのとあるシンボルにすぎないのではあるが……。

d

しかし、なぜ三島のノスタルジアという個人的な欲求の中に二・二六事件のあの血まみれの青年将校たちの歴史的な姿が浮び上ってこなければならないのか。三島が自己の存在を純粋な連続としてとらえられるために、どうしてそれが不可欠の契機をなさねばならないのか。三島自身に語らせると、——

「昭和の歴史は敗戦によって完全に前期後期に分けられたが、そこを連続して生きてきた私には、自分の連続性の根拠と、論理的一貫性の根拠を、どうしても探り出さなければならない欲求が生れてきていた。これは文士たると否とを問わず、生の自然な欲求と思われる。そのとき、どうしても引っかかるのは、『象徴』として天皇を規定した新憲法よりも、天皇御自身の、この『人間宣言』であり、この疑問はおのずから、二・二六事件まで、一すじの影を投げ、影を辿って『英霊の声』を書かずにはいられない地点へ、私自身を追い込んだ。自ら『美学』と称するのも滑稽だが、私は私のエステティックを掘り下げるにつれ、その底に天皇制の岩盤がわだかまっていることを知らねばならなかった。それをいつまでも回避しているわけには行かぬのである。」（II,p.229f）

この言葉は、それだけでは、必ずしも作家の美学にとってのみ妥当するものではない。もしこの文章のうち、「美学」という言葉をたとえば「思想」という言葉におきかえるならば、それは戦争を経験した日本人のすべてに妥当する根本的な課題の指摘となるはずである。私自身、近代日本人の精神史のもっとも極限的な発現を追求しようとする場合、「神風連とならんで、どうしても見のがすことができないのが、二・二六の思想である」

と書き、しかし「少なくとも私の眼には、二・二六が日本近代思想史の中で深くとらえられているようにも思われないのである」とも述べたことがある（「テロリズム信仰の精神史」）。したがって、三島のこの発言には全く留保なしに同感である。それどころか、私の場合でいえば、日本の近代史もしくは思想史の範囲において、実は未だにこの課題は、十分には解かれていないと考えているくらいである。いわゆる歴史研究として、たとえば二・二六がかなり多くの研究成果を生み出していることは周知のとおりである。しかし、それはほとんど事実考証の精密化という範囲のことであって、三島流にいえば、それを経験した日本人の精神的連続性という観点はほとんど度外視されている。歴史家はそういうことには関わらないものであろうかという疑問がわくほどであり、だからこそ、言葉の調子でいえば、三島ごときただの文学者に、あるていどの先鞭をつけられるという始末にさえなるのである。

しかし、それはそれとしても、前掲の三島の言葉は、必ずしも文学者のものでなければならないという必然性をもっていないという事情はかわらない。その点については、私にはややわかりにくいところがある。

e

しかし、そのわかりにくさに入る前に、三島の前に引用した文章にある天皇の人間宣言→二・二六事件→『英霊の声』という関連について、私なりの感想を述べておこう。そういう関心をよびおこすほどに、この想念の連鎖はきわめて刺戟的で、不気味な呼びかけを含んでいるからである。

人間宣言の問題を文学的に追求した作品が他にあるかどうか、私は実はよく知らない。中野重治の「五勺の酒」がたしかそれを取扱っていたように思うが、それも曖昧なほどに私の作品についての記憶は不確かである。しかし、この宣言が引きおこしたある名状しがたい衝激の記憶は、私自身の内部に今もなお明らかに残っているばかりか、それにともなって生じた日本人の生命そのものの意味の転生についても、私はいくつかの忘れえない事例を知っている。

たとえば、敗戦の後、もし天皇が自害されるようなことがあったら、自分もまた生きてはいないと思いつめていた日本人の数が少なくなかったことを私は記憶している。そしてそれらの日本人にとって、天皇の自殺ではなく、人間化ということが、いかに目くるめくような衝激であったかということも、私はかなり鮮かに追体験することができる。デ・グレージアの「尖鋭アノミー」の研究の中には、一般に神に近いものと見なされた支配者の死が、民衆にもたらす破滅的な衝撃のことがいろいろと述べられている。たとえばチャールス一世、ルイ十六世の処刑の時には、そのニュースを聞いただけでショック死した人々が幾人もいたというようなエピソードもそこにはあるし、天皇の人間宣言のことにも、ごくかんたんにだが、ふれられている。

ただ、この宣言の場合には、天皇が現実に崩じたのではなく、神の子と信じられたものが、mortal な人間であることが宣告されたにすぎないというちがいはある。パニックの性格は現実に天皇の死がひきおこすであろうものとはちょうど逆の関係になっている。しかしその時、日本人の魂の内部に生じた激動の内容については、私の知るかぎり、ごく断片的な記録が残されているにすぎない。すべては憶測を出ないことになるが、たとえていえば、それは死をではなく、生を宣告された者の絶望的な歓喜とでもいうべき衝撃であったろう。それは、やはり考えられないこと、ありうべからざることであった。いらい、日本人は、何か別の、ちがった種族に転化したかのようであった。

三島自身がこの宣言を当時どのように受けとめたかは、私は知らない。もし彼が「日本の敗戦は、私にとって、あんまり痛恨事ではなかった。それよりも数ヵ月後、妹が急死した事件のほうが、よほど痛恨事である……」(「終末感からの出発」) などと書いている文脈にしたがっていうなら、或は三島はこの宣言を、当時それほど深くは受けとめなかったろうと見ることもできそうである。むしろそれは、後になって、じょじょに三島の中に、一つの巨大な怨念の核として形成されるにいたったものと考えてよいであろう。しかし、いずれにせよ、不死の神の死を告知したこの宣言が出発点となるとき、そこから縦横に想念の野火がひろがり、あの二・二六事件における天皇と青年将校という問題に致命的な延焼をひきおこすであろうことはほとんど必然的であった。

f

二・二六における天皇と青年将校というテーマは、ほとんどドストエフスキーの天才に俟たなければ描ききれないであろうというのが、私の以前からの独断であった。それは何よりも神学の問題であり、正統と異端という古くから魅力と恐怖にみたされた人間信仰の世界にかかわる問題だからである。端的にいえば、それは日本人の魂の世界における「大審問官」の問題にほかならないと私は考えている。

かつて、私はそんなことを書いたところ、何と大げさなとある人からからかわれたことがある。しかし、「大審問官」の問題が日本人にはおこらないだろうと思っているなら、それは日本人を見くびった話である。二・二六事件はもとより、前の戦争の意味などもごく型どおりにしか考えていないからだろうと私は思っている。しかし、それはさしあたりの問題には関係がない。

『英霊の声』の作品評を改めてしようとは思わない。その主題と構成についてもすでによく知られているものとして話をすすめたい。問題はこれがある巨大な怨恨の書であるということである。ある至高の浄福から追放されたものたちの憤怒と怨念がそこにはすさまじいまでにみちあふれている。哀訴と激怒と、弾劾と怨恨とが一篇をおおっている。幽顕の境界を哀切な姿でよろめくものたちの叫喚が、おびやかすような低音として、生者としての私たちの耳に迫ってくる。三島はここでは、それら悪鬼羅刹と化したものたちの魂が憑依するシャーマンの役割をしている。昔から能楽のもつ妖気の展開様式に練熟している三島は、ここでも巧みにその形式を利用している。私は、今でも深夜『二・二六事件』(河野司編)をひもどくとき、そのとあるページを直視するにたえないが、この作品の鬼気にはそれに通じるものがある。彼らの方が生きており、お前たちの方がそうではないのだぞと、そのとあるページのデスマスクは不気味な言葉で語りかけてくる。そういう迫力において、この作品は、あれらの人々の心情をみごとに再現している。

しかし、こうした印象批評に私が関心があるのではない。三島はやはりここで、日本人にとっての天皇とは何か、その神威の下に戦われた戦争と、その中での死者とは何であったか、そして、なかんずく、神としての天皇の死の後、現に生存し、繁栄している日本人とは何かを究極にまで問いつめようとしている。これが一個の憤怒の作品であるということは、それが現代日本文明の批判であるということにほかならない。

g

ここで、この作品が三島自身の精神史の中で、どういう位置を占めるかについて簡単な私見を述べておきたい。この作品の一つのモチーフとなっている至福の状態からの顚落という思念を説明するためにも、それは必要だろうからである。

「……それにしても『天皇陛下万歳』と遺書に書いておかしくない時代が、またくるでしょうかね。もう二度と来るにしろ、来ないにしろ、僕はそう書いておかしくない時代に、一度は生きていたのだということを、何だか、おそろしい幸福感で思い出すんです。いったいあの経験は何だったでしょうね。あの幸福感はいったい何だったんだろうか……」(I,p.221)

これは、三島の読者にはすでによく知られているあの浄福感の回想である。それは戦争という「死の共同体」（マックス・ウェーバー）の下でいだかれた幸福感ばかりでなく、さらに古代そのままの部族神（＝現人神）の庇護下にあるという浄福感とを渾然と統合した感覚であった。

この不滅の幸福感は、天皇の人間宣言と、戦後の開始とによって亡びねばならなかった。しかし、それは不滅の本性をもっていたから、決して死滅することはできなかった。三島はいわゆる「仮面」のもとにその仮死の幸福感を包み、かえって残酷な「平和」時代を二十幾年も生きつづけて来た。しかし、それほども永い間、いわば肉体を欠如したまま仮死状態におかれていた幸福は、ある時期、本当に死滅するかもしれないという微妙な予感におびえ始めたのかもしれない。不死の存在は、あまりにもながくその仲間たち——かつてのあの戦士共同体——からの通信を絶たれていた。日常の中に瀰漫して眼に見えぬ媒介を行うものたちがしだいに消失して行くのに気づいて、三島の中の隠された幸福感は、事態の緊急性にいらだち始めたのかもしれない。仮死は真性の死に帰するかもしれない。ノスタルジアの病苦がその仮死のものをさいなみ始めたのかもしれない。三島自体についていえば、戦後を生きるために計算されつくしたはずの虚構の計画が、思いがけない破綻に直面していることを知ったということになるのであろうか。作家としていえば、芸術の限界が見え始めたということになるかもしれない。解決は、ノスタルジアの果に来る狂か、死か、または政治というもう一つの芸術か、であろう。

私は『英霊の声』のもつ一種の迫力を否定しようとは思わない。しかし、この作品は作品としては必ずしも成功作とは思われない。むしろ不気味なメルヘンというように感じるが、それ以上のものとは思えない。それは、何よりも、ここに描き出された天皇と英霊の姿が、恐らくあの浄福の時代に現実にそうであった結びつきを断たれ、すべてノスタルジアのもつあの美化作用にあまりにも浸透されているからである。あの時代のパトリオットは、いま、霊界において、決してこのような姿をしていないであろうというのは、ほとんど私の思想である。

h

林房雄との対談における二人の天皇観の相違は、これまでの問題から切りはなしても、私には大変興味深いものであった。三島の方がはるかに性急な尊攘派であり、林の方はむしろトインビーやヤスパースやハーバード学派やを悠々と引用する博学な老教授の趣があって（もっとも、林という人は、どんな学者からも、その思想のコンテキストには頓着なしに引用するという面白いくせがあるが）その対照の妙が私には興味津々であった。

三島の天皇論は、天皇が「西欧化への最後のトリデとしての悲劇意志であり、純粋日本の敗北の宿命への洞察力と、そこから何ものかを汲みとろうとする意志の象徴です」（I, p.176）というあたりに要約されるかもしれない。この解釈は、三島自身がいまさかんに興味をいだいている神風連的天皇論の直系というべきもので、たとえば福沢諭吉の「帝室論」「尊王論」あたりには正面から対立するはずのものである。それに比べれば、林の方がはるかに人間くさい天皇論になっており、このくいちがいを実に興味ぶかく私は読まされた。恐らく現代の既成右翼陣営でも、三島の天皇論を正面からうけとめるとなると、いささかたじたじとなるかもしれない。

しかし、三島のこのラジカリズムは、実は二・二六事件の青年将校の形象化の場合にも、かなり強く作用している。三島は神風連を仲介として青年将校の天皇論を見ているようなところがあるが、そこにある微妙なズレは、同様に特攻隊員の場合にもそのまま、拡大されていると私には思われる。三島はたとえば末松太平氏からその天皇論を聞いたことがあるだろうかと私は考えたりする。

おわりに

こんな短文に「おわりに」もないだろうが、「はじめに」と記した以上、義理合いということもある。色々と書いて来たものの、私にはやはりわからないところが少なくない。表題に「中間者の眼」としたのも、その多くのわからなさの中に身をおいてみるという心持ちであった。

私は、三島の「エステティック」のもつ一つの完結した体系性に強い関心をもっている。しかしまた、その完結性が、必然的に孕まざるをえない「ノスタルジア」により多くの関心をいだかざるをえない。その場合、ノスタルジアとは、体系崩壊への傾向という風に私は考えている。ここには、多分三島の美学そのもののもつ生理学の問題が存在するのであろうが、私には今なにももっともらしいことがいえないのである。

引用記号について。

Ⅰ＝『対話・日本人論』　Ⅱ＝『英霊の声』所収「二・二六事件と私」

Ⅲ＝『われらの文学』5所収「『われら』からの遁走」

Ⅲ　作品論

『宴のあと』について——文芸時評（抄）

今月で完結した三島由紀夫の「宴のあと」（『中央公論』連載）は今年（一九六〇年）の一収穫とよんでいい作品である。ストーリイは誰しも気づくように先年の都知事選の主人公夫妻にからんださまざまな事実をふまえたもので、その意味では三島が早くから試みた『青の時代』『金閣寺』などと同じ一種のモデル小説である。そして、ぼくの趣味からいえば、この作品はその中でもいちばん洗練されたまとまりをもつように思われる。

ちょうどこの作品を通読する前に城山三郎の『乗取り』をカッパ・ノベルズで読んで、財界に生きる熱情的な人間の姿がモデル小説のワクをこえて巧みに描かれているのに感心したが、「宴のあと」はそれと同じような意味で政治の世界における人間を描いたものではない。主人公は「雪後庵」の女将かづで、その世界は「政治」の世界とは全くちがっている。かづは、その友人で保守党の黒幕政治家の永山元亀によれば「あいつは今にえらいことをやるだろう。日本を引っくりかえせといえば、それもやりかねない」という熱情的な女である。彼女は何ごとにでもすぐに感動し、小娘のように胸をおどらせ、自然な涙を流すことのできる女である。彼女の自然な情熱について「かづは愛さない男の前でだけ、自然な情人、気楽なくつろいだ色女にだけ、素朴で、わがままで、野の香りを立てるのだが、一旦愛する男の前へ出ると、彼女からは〈自然さ〉が消えた」という風に作者は記している。要するにかづは、作者の中の永遠の女性のイメージかもしれないし、あるいは、ギリシャ悲劇の運命的な女性の姿かもしれない。

テーマは、そのような女性の自然と、政治との交渉であるともいえよう。もちろん、女が直接に政治にかかわることはないというのは、古典主義者として三島の当然の信念であるはずだ。女は、その性という自然をとおしてしか政治にかかわることはない。かづの場合にも、選挙—政治—権力というものは、いわばかの女の自然な衝動の反映としてのみ意味をもつ。三島は、いわばかづをとおして政治の自然的な（したがって運命的な）要素を代表させ、その対極として、かづの夫で、元外相の野口雄賢をとおして、政治の人倫的な（伝統的な）観念を代表させているかにみえる。前者は可憐な情熱の故に無節操であり、後者は原理的であるが故に偽善的である。作者の眼はむしろかづの非政治的な活力の方に温かく注がれ、野口の方は永遠に自然を理解しえない「廉直な楽天家」としてやや辛辣に描かれており、そこに作者の抱懐する政治へのアイロニカルな視線が感じられる。一般に保守政党のボスたちの人間像が簡潔によく浮かんでいるのに対し、野口のそれはいかにも選挙に負けそうに描かれているのもそれと関係がありそうだ。

　選挙に敗れ、雪後庵も売りに出さなければならなくなった後、かづは再びその生命力の本質であるやみくもな決断力を発揮し、保守党の大御所を動かして雪後庵の再開に乗り出す。当然野口はそれを裏切りとして二人は離婚することになる。この前後の文章には作者のモチーフが極めて透徹して描かれ、その政治思想ともいうべきものがこんぜんと表現されている。いま仮りにいえば、このあたりの記述からうかがうことのできる三島の政治思想は、暗く情熱的な保守主義ともいうべき感じである。ここでは三島は、政治のモデル小説をではなく、終章の「宴の前」という題名が示すように、かづをとおして一つのみずみずしい活力がその孤独な輪廻を辿るありさまを主として描いたのであろう。

『林房雄論』について

三島由紀夫著『林房雄論』というこの小冊子風の作家論は、その表題からして、あるロマネスクな魅惑と危険なスリルにみちている。恐らく誰しもが、この瀟洒な冊子を手にとって、あるなぞに直面する思いをいだくのではなかろうか。

まずこれは、まぎれもなく作家論・作品論として書かれたエッセイである。著者はいかにも他意なげに文学史記述の約束にしたがい、林房雄の「人と作品」を怜悧な手つきで調べ、「研究」している。記述も作品の年代順を追い、巻末には林自身の「執筆および校閲」になる詳細な年譜さえそえられている。どこにもいぶかしい悪意はかくされてはいない。文章もまた、三島のものとしては、いくぶんユーモラスな啓蒙性をおびている。しかし、これは、やはり世の常の作家論というものではなさそうである。

まずこの書物は、私をある空想にみちびく。私は、もう二十年も昔、ある友人の家で三島が刊行した『花ざかりの森』を見たかすかな記憶があるが、この作家論の同様に初々しげな装幀の印象が、ふと私にある奇妙な連想をよびおこす。あるいはこれはそれと同じころ、まだ無名のこの狡智にみちた少年が、ひそかに予め書きためておいたエッセイではなかろうかという空想である。昭和史に関するこの二十年間の記憶が解体し、あるイロニイにみちた歴史の無が卒然とひらける。三島は自身の青春の原点に回帰し、昭和の青春にとっては、何ごともおこらなかったことを証明しようとする！

そのとき、三島はここでは林房雄というより、林をかたしろとして、ある一般的なるもの、抽象的なるものについて語ろうとしている——昭和の精神について、昭和の青春について、その夭折と永劫の回帰の秘密について、語ろうとしている、という印象がたしかなものとして浮んでくる。三島はこれまで多くの作品によって、ロマネスクに自己の青春を表白してきた。しかし、このエッセイでは、彼ははじめて歴史そのものとして己れの青春を表現し、「整理」しようとしている。それは三島自身の成熟の秘密にかかわることがらでもあろうか。

ところでこれは「作家論」というもう一つの位相をそなえたエッセイである。林という「恐らく一番難解な男」（小林秀雄）のなぞを調べ、明らかにしようとする文字どおりの試みである。そして、そういうエッセイとしてみるとき、やはりもっとも興味があるのは、

「転向」と「右翼精神」についての三島の独特な解析であり、さらにまた、それらの背景にある昭和初期のコミュニズムについてのイロニカルな接近法である。これは私には珍しい現象のように思われる。戦後十八年、文学史と思想史があれほどにもこちたく論議してきたこれらの知識人的主題が、ほぼ同じ視角のもとに、いま三島によって追求されていることは、それ自体が興味ある椿事に思われる。そしてこの関係は、三島論の別個のテーマとなるはずである。

転向についての三島の考え方はほぼその時代にあらわれた日本ロマン派の転向論と同じである。いまそれを平易にいいかえれば、それはコミュニズムとその反対物とを日本の現実のイロニイとして共感的に同一視する立場とでもいえよう。それがこの「時代の大きなロマネスクの輪郭」に規定された要求であり、それに比べるなら「人間の中でいくつかの思想が交替することがどれほどの事件」であろうか、といわれうるものである。そして、同じイロニカルな視点から、「右翼とは、思想ではなくて、純粋に心情の問題である」という規定もまた当然となり、さらに、右翼的心情が「非常時の心」ではなく、「日本人の平常心」であるという林の言葉に、一九六〇年代の現在、三島がもっとも深い感銘を受け取るということも了解される。

しかし、これは果して「林氏に対する世間の偏見への義憤」にもえて書かれた有効な弁護の文章であろうか。少くとも私は、ここで林氏への見方をかえる必要を感じなかったし、またそれで少しもかまわないと思う。

主要作品解説

仮面の告白　金閣寺

『仮面の告白』は三島の戦後における長篇第一作であり、その文名を確立した最初の作品とされている。それまでのおびただしい作品は、その異常な才能は認められながらも、中村光夫のいわゆる「マイナス・一五〇点」として、その才能の性質がいかなるものか、えたいが知れないと見なされていたわけである。

三島が八ヵ月ばかり勤めた大蔵省をやめ、作家生活に入ったのは昭和二十三年九月のことであるが、ちょうどその頃、河出書房から書下し長篇小説の執筆を依頼され、三島は猛烈な意気込みでこの創作にとりかかった。その「意気込みたるや大変で、最長九枚、最短一枚の十八種類にわたる序文を書き、とどのつまりは、とうとう序文をつけないことにしてしまった」というほどであるが、執筆の終ったのが翌年四月、刊行はその年の七月のことであった。

この作品は、ドナルド・キーンのいうように「これほど正直に書いた自伝小説はない」と考えることもできるし、三島自身もまた「あれはね、要するにわかりやすい告白の小説でね」とも語っているから、ふつうに三島の自叙伝とみてかまわないと私は思う。しかし、そこで問題になるのは、「仮面の」という限定はどういう意味をもつのか、ということであろう。三島は、前の言葉とやや矛盾するようであるが、「私は完全な告白のフィクションを創ろうと考えた」とも書いているからである。

あらかじめいえば、私はこの二つの言葉は矛盾していないと考えており、その考えの上に立って、これを三島の自伝小説とみてよいと思っている。いいかえれば、いわゆる私小説ではないということを確認した上で、近代的自伝小説とみなせばよいというほどの意味である。

この「仮面」の意味について、いち早くある洞察を示した論評の一つが神西清の「ナルシシスムの運命」という三島論であろう。神西はそこにおいて、まずナルシシスムを「畢竟、自己注視に帰する宿命をもっている。死に酷似した清浄で不毛な状態がそこにはある」と規定したのち、三島の場合について、次のように解釈している。

《このナルシシスムはナルシシスムでも、否定に呪われたナルシシスムなのである。いわば自己陶酔を拒絶されたナルシシスムなのである。負数のナルシシスムと言ってもい

いだろう。絶対主義のナルシシズムが日本流の私小説だとすれば、これは相対主義のナルシシズムだ》

ここでナルシシズムという視点が出てくるのは、『仮面の告白』にあらわれているペデラスト的傾向と、女性への不適応に関連していることはいうまでもないが、もともと「自己陶酔を拒絶されたナルシシズム」とは言葉の矛盾にほかならない。そしてそれは、「告白のフィクション」という三島の言葉と微妙に対応するはずである。いいかえれば、注視すべき自己の素面をもたないものの自己陶酔、告白すべき私生活上の罪障を欠如したものの自己告白ということにもなる。この後者の観点に関連して、花田清輝は「おのれのほんとうの顔のいかなるものであるかを知らず、……ひたすら仮面だけをたよりに、一歩一歩、みずからの顔に向って肉迫してゆくほかはない」のが三島らの世代の特質であるというふうに言っている。まるで妖怪じみた死仮面の話に似ているが、事実それはそのようなものであったというほかはない。

神西のいう絶対主義的ナルシシズムは、私小説家ばかりでなく、昭和八年前後における転向者の場合にも典型的にあらわれたものである。彼らは、その顔を映して陶酔する実体的な鏡をもっていたし、したがってまた自我の素面を見ることもできた。しかし、すでに一度終末の鏡に自己を映したものは、他のいかなる相対化された鏡面にも、己れの顔を見出すことはできない。そこに映し出されたものは、その折々の仮面にすぎない。

私小説に関して、小林秀雄がその滅亡を宣告したのはすでに昭和十年のことであった。小林はジイドの告白と田山花袋の告白と比較して「花袋が私を信ずるとは私生活と私小説とを信ずることであった。ジイドにとって、私を信ずるとは、私のうちの実験室だけを信じて他の一切を信じないことであった」と述べているが、三島の告白の方法は、多分こうした認識のラジカルな延長上に見出されるものといってよいかもしれない。それを可能としたのは、やはり戦争による私生活の全般的解消と、そこから抽象された自意識の純粋な成立であった。純粋な自意識は私生活という顔をもたない。そこにおいて可能な告白とは、いかなる生活的関心にもかかわらない告白のフィクションだけとなるはずである。告白は、厳密な方法的システムによって審査された作家の行動（＝芸術）としてのみ可能となる。「仮面の告白」にはそのような意味があったといえよう。

この作品は、三島の猛烈な意気込みのために、かえって文体的には一種の混乱を示しており、それ自体、執筆当時における三島の精神的急迫を物語るものとなっている。したがって、作品としては批評家の一致した賞讃を拍することもできなかった。その作品の意味がしだいにはっきりしてくるのは、むしろ三島の後の作品が次々と発表されてからであった。しかし、何よりもすぐに気づかれるこの告白の特徴は、いかなる意味でも自己と他者に対する甘えや憐愍を含んでいないことであり、ほとんどストイックな男らしさを示していることであろう。

『仮面の告白』は今もなお多くの批評家を困惑させている。本多秋五が『物語戦後文学史』において「私は『仮面の告白』という怪作について、人々が書くのをいくらか注意してみてきたつもりだが、書く人はうんとうわ手に出て褒め、書かぬ人は敬遠して口をつぐみ、責任をもって的確な批評をくだした例を見た覚えがない」などと書いているように、この作品は文学史の中でも、仮面をかぶったまま罷り通っている気味がある。しかし、それから十年後に書かれた『金閣寺』は、批評の世界でもほぼ一致して「傑作」という評価を与えられている。

　この作品は実際に起った金閣寺放火事件を素材として書かれている。作者はその事情を実に明細に調査しており、風景や建物のディテールについてもおどろくべき綿密さを示している。すでにこの種の社会的事件を素材とした作品としては三島は前に『青の時代』「親切な機械」などを書いており、とくに後者は同じ京都を舞台としたものだから、『金閣寺』のスケッチとしても役立ったかもしれない。またそれ以後でも『宴のあと』『絹と明察』などの大作が、やはり実在の人物や事件をモデルにしたようなところがあるが、これらは、三島の創作における一つの系列とみることができるであろう。

しかし、三島はいわゆる社会派的ないし風俗作家的創作態度とは無関係である。三島がその戦争期の自己の経歴を素材として、「告白」という一つの夢想を構築したように、社会的事件もまた、彼がその熱烈な美的世界を築きあげるための暗示にほかならない。あたかも市井の殺人事件が、ドストエフスキーにとってラスコルニコフとか、ピョートルとかの、すさまじい観念的実在を創り出すきっかけであったように――『林房雄論』でさえ、評伝の様式に託して、三島自身の精神史をパセティクに告白したものという印象を与えないでもない。

『金閣寺』は、鷗外風の冷徹な文体を用いて、不朽の美と人生との不条理な関係という、混沌としたテーマを追求した観念小説というべきものである。主人公はどもりで、歪んだ性格をもった徒弟僧として、金閣寺に暮している。金閣寺は、この作品において美の象徴であり、しかも戦火によっていつ焼亡するかもしれないという時期、凄じいまでの美をあらわしている存在である。主人公は、その終末の予感に陶酔しつつ、金閣寺＝美との共生にいいがたい浄福を感じている。これは、すでに伝記（「三島由紀夫伝」）において見たとおり、孤独な美的趣味に熱中する三島の精神風景と同じものである。

しかし、その反面において、美にとり憑かれた人間にふさわしい現世的不具性もまた、主人公の運命である。人生を象徴する女性との性行為の瞬間、金閣の幻影はたえず現出して主人公を不能におとし入れる。三島がその作品でしばしば描くそのような挫折の瞬間は、金閣寺と京都の歴史がよびおこすある人工的なイメージに助けられて、この作品においてもっとも成功しているといえよう。

敗戦の日、金閣寺と主人公の共生は断たれる。金閣寺は、あの失われた恩寵の時間を凝縮して、永遠の呪咀のような美に化生する。主人公は美の此岸にとりのこされ、もはや何ごととも共生することができない。――この辺りには、戦中から戦後へかけての青年の絶望と孤独の姿が、比類ない正確さで描き出されており、金閣＝美を戦中の耽美的ナルシシスムにおきかえるならば、戦後もなお主人公を支配する金閣の幻影が、青年にとって何であったかを類推するに困難ではないであろう。そこから、金閣寺を焼かねばならないという決意の誕生もまた、戦後の三島の精神史にあらわれた「裏返しの自殺」の決意にほかならないことも明らかになるであろう。こうして、この作品は、実際の事件に仮託しながら、三島の美に対する壮大な観念的告白を集大成したような観を呈しており、美の亡びと芸術家の誕生とを、厳密な内的法則性の支配する作品の中に、みごとに定着している。『仮面の告白』に遥かに呼応する記念碑的な作品である。

『金閣寺』を『新潮』に連載するかたわら、三島は『永すぎた春』という気軽な作品を『婦人倶楽部』に連載しているが、この小説の題名は世間の流行語のようになった。そしてその翌年、『群像』に連載した『美徳のよろめき』もまた、いわゆる「よろめき夫人」という新しい流行語を作り出すきっかけとなった。

すでにそれまでにも、三島は幾人かの上流階級の夫人を巧みに描いているが、この作品のヒロイン節子は、彼の創造した女性像のうち、もっとも優雅で、官能的なものの一つである。彼女の本質は、冒頭の一節からして、いかにもあらわに、鮮かに暗示されており、作者がいかにのびのびと筆を進めているかがわかる。「ゆくゆくはただ素直にきまじめに、官能の海に漂うように宿命づけられた」節子の内部から、無垢の偽善に装われた官能の目ざめをひき出してゆく作者の手ぎわは、心にくいばかりであり、いくらか高慢な微笑をたたえた魔術師のようにも見える。

ここでは、もとよりある背徳の行為が描かれている。しかし同時に、その背徳のおどろくほど優雅な純潔さがそこに浮び上っている。いわゆる倫理的な要素、精神の苦悩はそれ自体として全く捨象されており、官能の美によって支配された精巧な一つの世界像が描き出されるのである。

初めに述べたように、通俗的な成功を博した小説ではあるが、たんにそれだけのものではなく、やはり作者の美意識の正系につながる作品である。

真夏の死　海と夕焼　新聞紙　橋づくし　魔法瓶　憂国

「真夏の死」は、ある平和な家庭におこった突発的な悲劇がテーマとされている。真夏の晴れ渡った海辺で、二人の子供と一人の妹とが一時に喪われる。それはその季節の風景にみちあふれるさかんな光と雲と風を背景として、一瞬ありえない奇蹟のように実現された惨劇である。誰もその事件に関わりをもったとさえいえないほど、夢のようにして事件はおわった。この物語は、それから二年後にかけての夫婦の心理を描いているが、そのライトモチーフとなっているのは、妻の朝子の微妙な忘却と回想の転生であろう。二年後、彼女は夫にねだって、恐しい追憶の海辺につれだってゆく。

三島の風景描写の端正さは他の作品でも十分にうかがわれるが、とくに海を描写するとき、三島の文体はあたかも魅せられたような力動感にみち、ほとんど荘厳なまでの華麗さにあふれる。この作品の末尾における波と雲の描写もそのもっとも美しい一例であろう。かつて三島は「ぼくの季節感はあの晴れた夏の日に固定してしまった」と述べたことがある。いうまでもなく、その夏とは、一九四五年八月のことである。この作品の最後に描かれた緊張感は、そうした悠久な終焉の感情を背景として読むとき、一家庭の悲劇ということをこえて、もう少し巨大な悲哀感をよびおこすはずである。

「海と夕焼」にも海があらわれてくる。その海は、十三世紀の地中海の海であり、また同じ世紀の相模湾の夕陽に染められた血潮のような海である。老人は、少年十字軍の一人として、数奇な運命をたどったのち、遥かに日本に伴われてきたフランスの羊飼いの少年であった。

この前生回想記めいた幻想的な小品には、どこか鷗外の筆致に似たもの、芥川龍之介の耽美に似たものがあるが、やはりそれは三島の海というべきであろう。老人の回想に浮ぶ海——少年たちの祈りにも奇蹟を示さず、ただ真紅のきらめきをたたえたまま、ついに開かなかったマルセーユの海というイメージは、まさに三島美学の秘められた核を暗示しているからである。「岬にての物語」「花ざかりの森」などの初期作品にあらわれた少年の海の潮騒が、この作品の海のそれにはるかにこだまし合っているようにも思われる。

「新聞紙」はモーパッサン風の技巧を生かした軽妙な短篇である。ヒロインは小柄で敏感な美しい若夫人、もし欠点をいえば想像力がありすぎ、同情心がありすぎるということくらいのものである。作者はこの可愛い女性を、いとも無雑作に不幸な偶然の手に委ね、その無垢の想像力を残酷に嘲笑してみせる。いわゆる巧い短篇ということになろうが、どこか空恐しい後味をのこすところもある。

技巧的な上手さという点では、「橋づくし」も、「魔法瓶」も評判になったものである。陰暦八月十五日の夜、七つの橋を無言のまま無事に渡りおわると願いごとが叶うという風俗が花柳界にあるが、三人の芸妓とおつきの山出しの女中が深夜の中央区界隈の橋を渡り始める。何かがおこるにちがいないという読者の好奇心がしだいに高まるのを横目に見ながら、作者はそしらぬ顔でユーモアを交えながら三人の気持に立入ってみたり、ハッと思わせるような場面を挿んだりしながら、楽しげに文章をすすめてゆく。一人は腹痛が急におこってだめになる。もう一人は見知りの老妓に声をかけられてこれも脱落する。そして、七つ目の橋の上で、さいごに残った一人は無残にも警官の不審訊問にひっかかり、身代りにしようとした山出し女中の頑固な沈黙のために、ついにすべてをダメにしてしまう。願かけに成功したのは気のきかない太った女中だけになるという、他愛ない話にはちがいないが、その話術の巧みさは類がないといってよい。『金閣寺』と同じ作者のものとは到底見えないところに、作者の芸域の広さがあるといえよう。「魔法瓶」も技巧をこらした軽い作品の一つに入るだろう。主人公の子供は奇妙に魔法瓶をこわがっている。そして主人公の昔なじみの芸者が生んだ子も魔法瓶をこわがっていることを、外国でのその女性との何年ぶりかの浮気のときに主人公は知らされる。彼はなんとなく昂然とした気分で帰国してくる。そしてその力をためそうとして眠たがる子供にむりやり魔法瓶を見せようとする。この辺りの妻と主人公と、そして主人公の疑惑をひきおこす一人の部下との間に流れる微妙な心理の流れは、眼に見えぬほどあっさりと描かれている。一度読んだだけではわからないくらい作者の技巧は繊細であるが、こうした小道具趣味は、三島の短篇作品にしばしばあらわれる傾向でもある。

「憂国」は、三島の自作・自演の映画化が大成功を収めたということもあって、いわば文学外的な反響をまきおこした作品である。

三島は、ある雑誌のアンケートで「歴史上の男性で好きな人物は」と問われて、「二・二六事件の将校たち」と答えているが、この短篇は、その回答についての一つの説明になるかもしれない。

この作品には、ほとんど筋というべきものはない。自刃を決意した青年将校と、それに殉死する新妻の甘美な愛と残酷な死の動作を簡素な筆致で描いただけのものである。思想的解釈は排除され、会話もただ動作を指示するだけのように控えられている。そのかわりに、愛撫と自刃にともなう肉体のうねり、飛散する血の流れは克明に書きこまれている。三島が、その幼年期に耽溺した残酷なお伽噺においてしばしばそうであったように。

しかし、この童話の中には、三島が久しく抱懐してきた性と死と政治に関する独特の観念が含まれていることも確かであろう。たとえば戦後、『葉隠』をたえず念頭において生きてきた青年は数少ないだろうと思うが、三島はその一人のように私は想像する。そして、その『葉隠』において、三島は官能と忠誠の微妙な拮抗と結合の関係を読みとっているように思われる。これは、我国の思想伝統では理解しにくい観点かもしれないが、この作品はまた、そのような問題への暗示も含んでいるようである。

Ⅳ　戦後思潮のなかで

若い世代と戦後精神

さきごろ、ぼくは、ある水戸生まれの老人から、幕末のあの凄惨な水戸党争の話を聞いた。水戸藩の人材を亡ぼしつくしたといわれるその内紛の幾つかのエピソードのうち、とくにある一つの話がぼくにつよい印象を与えた。それは十六歳で天狗党に加わり、はじめて人を斬ったという一人の少年の話である。

その少年は二十歳になるかならずで維新をむかえた。少年の家は代々神官であったというが、かれはその業をつぐとともに、一切の世俗の生活から離れた。そして、八十幾歳で死ぬまで、全くの無為の日々を送り、酒を飲み、子供と遊ぶ以外に、ほとんどあらゆる世事にかかわらなかったという。その人は容貌魁偉、軀幹雄大、一見巨人族的風ぼうの、しかも美丈夫であったそうだが、こういう話を聞くと、ぼくは、すぐに幕末＝維新期の「戦中＝戦後派」というイメージを思い浮かべるのである。

こういうたぐいの人間は明治初年には沢山いたのであろうとぼくは考える。いつか、谷川雁が『思想の科学』に書いていたかれの祖父の話なども、そのような例の一つとみていいのではないだろうか。つまり、ぼくのいうのは、ある全身的な革命＝戦争行動とその挫折をくぐったのち、その生涯をかけて体制の疎外者たることに専心した種類の人間のことである。現実の秩序と体制の論理に必ずしも抵抗することなく、しかも徹底的にそれと無縁の場所に精神を支えるというエネルギーの構造と条件がぼくの関心をひくのである。こういう精神が形成される機会は日本の近代史上に少なくとも二回おとずれた。谷川もいうように「最初は西南戦争までの十数年であり、その後は今次大戦後の十年である。」

さて、三島由紀夫の『鏡子の家』を読みながら、ぼくはそんなことを考えていた。ここに描かれている四人の青年たちと鏡子とは、ある秘められた存在の秩序に属する倒錯的な疎外者の結社を構成している。かれらのいつき祭るもの、それはあの「廃墟」のイメージである。三島がどこかで「兇暴な抒情的一時期」とよんだあの季節のことである。「この世界が瓦礫と断片から成立っていると信じられたあの無限に快活な、無限に自由な少年期」――それがこの仲間たちを結びつける共通の秘蹟であった。

じっさいあの「廃墟」の季節は、われわれ日本人にとって初めて与えられた稀有の時間であった。ぼくらがいかなる歴史像をいだくにせよ、その中にあの一時期を上手にはめこむことは思いもよらないような、不思議に超歴史的で、永遠的な要素がそこにはあった。そこだけがあらゆる歴史の意味を喪っており、いつでも、随時に現在の中へよびおこすことができるようなほとんど呪術的な意味をさえおびた一時期であった。ぼくらは、その一時期をよびおこすことによって、たとえば現在の堂々たる高層建築や高級車を、みるみるうちに一片の瓦礫に変えてしまうこともできるように思ったのである。それはあのあいまいな歴史過程の一区分ではなかった。それはほとんど一種の神話過程ともいいうる一時期であった。そのせいか、ぼくには戦前のことよりも、戦後数年の記憶のほうが、はるかに遠い時代のことのように錯覚されるのだが、これはぼくだけのことであろうか？

ともあれ、そのようにあの戦後を感じとった人間の眼には、いわゆる「戦後の終焉」と、それにともなう正常な社会過程の復帰とは、かえって、ある不可解で異様なものに見えたということは十分に理由のあることである。三島がどこかの座談会で語っていたように、戦争も、その「廃墟」も消失し、不在化したこの平和の時期には、どこか「異常」でうろんなところがあるという感覚は、ぼくには痛切な共感をさそうのである。いつ、いかなる理由があってそれはそうなったのか――こういう疑惑はずっとぼくらの心の片すみにひそんでいるのではないだろうか？

三島はさきの引用文のあとの方で、「それに比べると、一九五五年という時代、一九五四年という時代、こういう時代と、私は一緒に寝るまでにいたらない」と記している。つまり、そこでは「神話」と「秘蹟」の時代はおわり、時代へのメタヒストリックな共感は断たれ、あいまいで心を許せない日常性というあの反動過程が始まるのであり、三島のように「廃墟」のイメージを礼拝したものたちは「異端」として「孤立と禁欲」の境涯に追いやられるのである。「鏡子の家」の繁栄と没落の過程は、まさに戦後の終えん過程にかさなっており、その終えんのための鎮魂歌のような意味を、この作品は含んでいる。

元来、ぼくは、三島の作品の中に、文学を読むという関心はあまりなかった。この日本ロマン派の直系だか傍系だかの作家の作品のなかに、ぼくはつねにあの血なまぐさい「戦争」のイメージと、その変質過程に生じるさまざまな精神的発光現象のごときものを感じとり、それを戦中＝戦後精神史のドキュメントとして記録することに関心をいだいてきた。『鏡子の家』は、その意味で、ぼくにとって大へん便利な索引つきのライブラリーのようなものである。

三島が戦後のあの異常にメタフィジックな風景の喪失を感じた時期に、もう一つの新しい季節が始まっている。『太陽の季節』が芥川賞をとったのは昭和三十年、『鏡子の家』がその呪術的な役割をおわることになる翌三十一年には、日本のジャーナリズムは、ほとんど一年中かかって「太陽族」の問題をおいまわしている。こうして、戦後のバトンは、新しい選手――石原慎太郎にタッチされることになる。

石原という作家のことを考えると、ぼくは、奇妙に日本ロマン派の騎士芳賀檀のことを連想する。この二人の間にある精神史上の相似性は、ほとんどある種の歴史的なスキャンダルを感じさせるほどである。それは一種恥しらずな祖先返りのようにさえぼくには思われる。敗戦を境目にして前後に十年の地点に、それぞれ陳腐なロマンティシズムに身づくろいした二人のドン・キホーテがつったっている！

この二人は、何よりも正系のロマンティシストらしく、F・シュレーゲルいらいの官能礼讃と肉体の神秘化において、論理とレトリックの粗野と虚飾性において、「育ちの良さ」に関連する愚直さにおいて、さらに、これまた正統派ロマンティクに共通するイロニイの欠如において、大へんよく似ている。ただ芳賀がゲオルゲ・グルッペやドイツ・ロマン派の言葉で語り、石原がアメリカ社会学風の言葉で語ることがあるという差異はあるが、「青年の特権である肉体主義、肉体的宇宙感の放埒、実感的情念的行動力を振り廻すこと」(石原）の礼讃と、「もっと青春のもつ本能の正しさを、寧ろ肉体のもつ正義を信じたい」（芳賀）という「神聖な厚顔さ」（ヘーゲル）において、両者は全く等価である。

芳賀においては、この肉体礼讃は、排外的民族主義を媒介として、生理的に老廃した中国にたいする「若い日本」の侵略の正当化へと発展するし、石原においては、その「実感的情念的行動力」は、政治的危機感を媒介として、国務大臣中曽根康弘と独裁政治の礼讃へと傾斜する。「深い夢をはらんだ強い政治」への憧憬こそ、かつて昭和十年前後の「時代閉塞」状況において、日本を民族主義的ロマンティシズムの破滅過程にみちびいた生理衝動にほかならなかったが、石原がその発想の歴史的無効性に無知なことはおどろくべきである。それは石川啄木より古く、明治初年の放らつな青年たちよりも陳腐であることが、全く意識されていないのである。

こうして、石原においては「戦争」と「歴史」とがつまずきの石となる。三島の没歴史的美意識が、自然のように永遠なあの戦争のスタティクなイメージにむしろ安定した足場をもつのに対し、石原に与えられたものは、再建された独占資本主義の体系とその市場因子としての感性的現実感とにほかならない。かれのいうカルチュラル・ラグの焦燥感や「現実の苛酷さ」という観念は、そのままかれの危機的な美意識の内容に転化している。しかし、そのいわゆる「現実の苛酷さ」の実感は無内容であり、しいて内容を与えるならば単純で流動的な「若さ」の危機感ということにすぎないだろう。だから、石原は「個性への復権を」などによって、その肉体的・生理的感性論の哲学化をこころみるよりも、むしろ自己の発想の陳腐さを知るべきであり、そこから、「現実の苛酷さ」を規定する歴史の論理とぶつかるがいいのである。

かつて芳賀は、日本帝国主義の苛酷さに刺激されてマゾヒスティクな侵略主義に陥った。石原は、再建され、自信をつよめた日本独占資本の苛酷さに刺激されて、「制服」とテロリズムによって武装した新たな「走狗」になろうと望んでいる。しかし、かれは『鏡子の家』の峻吉のように「大日本尽忠会」の誓約書に血判を押すというような羽目にならない方がいいだろう。なぜなら、それほど没個性的なことはなく、それほど「放埒」さからとおいこともないからだ。

石原がしきりに「殺意」といい「価値紊乱」ということによって時代の「平和」というあいまいな壁をつき破ろうとしているのに対し、むしろその壁面にあらわれるさまざまな存在の影を凝視することによって「われらの時代」のトラジ・コメディを描こうとしているのが大江健三郎である。

大江は、石原のように直情、愚直ではなく、はるかに老かいで内閉的なロジシャンという感じがする。少なくとも石原のように「放埒」な官能的ロマンティシストではなく、むしろ、早熟な少年のように論理的なのである。かれがその悪評高い『われらの時代』を、かえって自己の代表作と称して平然としているところにも、それはうかがえるだろう。そればかりか、たとえば武井昭夫が「アカハタ」で行ったオーソドックスな批判を逆手にとって時代の「停滞」というヴィジョンを自己流に論理化し、普遍化しようとさえ試みている。

つまり、大江によれば、「いかなる若い日本人も、日本および日本人の未来にたいして明確なヴィジョンをもっていない」のであり、それは「僕だけがそうなのではないのだ。武井昭夫氏が反省するとおり、日本の革命運動、その推進者としての日本共産党もまた、いかなるヴィジョンもいだいてはいない」のである。にもかかわらず、大江は、石原とことなって「だんじてファシズム待望のムードにおかされていない。」かれは「ファシズムへの傾斜を断固として拒みながら停滞のなかで眼を見ひらきつづける」リアリストとして自己を規定している。そしてそのような状況の下で、大江の眼に映じる「われらの時代」は、まさしくトラジ・コメディとしてあらわれるほかはない、というのである。

大江の立場はなによりも論理的につじつまが合いすぎている。それは石原の感性主義とみごとな対照をなしているといってもいいだろう。そしてその点において、石原は、大江の論理的帰結としての「自殺」という造型に対して、やや見当ちがいに反発したりする。「死にもせず、いや殺しもせずに〈これがおれたちの時代だ〉と言ってはならないのだ。そう言うことはわかり切っている」というのがその反発である。

一方は「時代閉塞」の壁ののろわれた凝視にエネルギーを注ぎ、他方は盲目的な体当りの行動と破壊に直進しようとする。ここに現代青年のエネルギーの二つの可能な極が見られるといってもいいだろう。

しかし、ぼくが不思議でならないのは、この二人において、共通に「時代閉塞」の状況の実体化——物神化が行われていることである。いわばその「壁」の歴史的相対化の志向が全く欠けており、せいぜい共通にナセリズムへの情動的共感によって、心理的な相対化が行われているにすぎないことである。この二人の作品のある種の閉ざされた図式性はそこから生じているのではないだろうか。一方は壁があるから破壊するといい、他方は壁があるから凝視するというだけの図式である。

いずれの場合にも「平和」という時代の「壁」に対する信仰のごときものが、その作品形成の動因となっている。その「壁」とみられるものを構成するあの「廃墟」の要因はここでは全く忘れられているのだ。三島の祭神であった永遠の「廃墟」というイメージのかわりにかれらはいかがわしい「平和」という条件のなかで、子供のようにむずかったり、脅えたりしている。かれらはあまりにも「平和」に圧倒され、かえってまだ知らぬ「殺りく」と「戦争」という玩具を欲しがったりしている。そこから大江のように、いわゆる「戦中派」の戦争体験への子供じみた嫉視も生まれ、石原のように「戦争と現実(平和)

といずれが苛酷か」という見せっくらの心理も生まれるのだろう。

しかし、くりかえしていえば、ここでもかれらのつまずきとなっているものは「歴史」である。初めに引いた老人の話でいえば、その老人にとって、明治以降の六十余年は「平和」であったのか、それとも「廃墟」であったのか。それは「停滞」でも「自己破壊」でもなく、まさしくただ「歴史」であったろう。

大江や石原が時代の「壁」の背後にある歴史への感覚をもちえない限り、かれらはただ「時代の子」として、ある好ましい評判をかちえてゆくであろう。つまり、時代を動かすのではなく、押流されてゆくであろう。なぜなら、かれらは、絶望的なまでに「われらの時代」にとらわれ、惑溺しているからである。

ネオ・ロマン派の精神と志向——ナショナリズムとどうかかわるか

現代日本の思想や文学の世界において、はたしてネオ・ロマンチシズムと名づけられるような傾向が存在するか否かは幾分疑わしいが、ともかくそのような名称によって、人びとが、ほぼ共通にある一つの知識傾向を思い浮べることができるという意味では、それはたしかに具体的な形象として存在している。端的にいって、たとえば雑誌『日本浪曼派研究』というのがあり、最近二号目を出している。そして、それに対抗する形で、『文学的立場』というのがあり、ことごとに前者に挑戦するという姿勢をとっている。これらは、いずれも文学的世界における、ごく限られた動向であって、それがひろく現代日本人の意識に結びついた現象であるとはいえない。いわば、知的社会の一部において問題とされているポレミックな課題の一つというにすぎないであろう。しかし、にもかかわらず、そのポレミックが、かつて日本ロマン派が、三十年前に提起した問題の同じ延長線上に展開されているということによって、現代のいわゆるネオ・ロマンチシズムの含むかなり広大な問題領域を暗示している。

ここでは、はじめに過去における日本ロマン派が提起した問題の意味を反省したのちに、現代のより複雑化し、技術化し、大衆化した日本社会の内部から、新たなロマンチシズムの傾向が生れるにいたった理由を検討するのが順序であろうが、実はその日本ロマン派の意味を解明すること自体、かなり困難な事情をともなっている。いま、その事情の二つだけをあげると、第一には、人間の思想・芸術の世界にあらわれたロマンチシズムの本質そのものが、きわめて曖昧でとらえにくいということがあり、第二に、日本ロマン派の登場した昭和十年前後における日本の特殊事情というべきものが、やはり著しく不透明だということがある。日本ロマン派は、最小限その二つの事情を背景として展開した文学・思想の傾向であり、そのどの一つをとっても、たやすく論断しうるような問題ではない。

さらに、もう一つ、上述のことがらに関連するのだが、ロマンチシズムの問題性とナショナリズムのそれとが本来切りはなしがたく、錯綜しているという事情も、やはり問題をむずかしくしている。古典的ナショナリズムの始祖とされるジャン＝ジャック・ルソーが、すでに「ロマン派以前のロマンティク」とよばれることに示されるように、かなりデリケートな事情がそこには介在している。とくに、問題とされる日本ロマン派が、まさにウルトラ・ナショナリズムの様相と結びついたのは、一九三〇年代という世界史的にもきわめて問題的な時代においてであった。いいかえれば、日本ファシズムとよばれる政治的傾向の解明のむずかしさと、日本ロマン派の問題の同じむずかしさとは、相互に結びついているのである。

ほぼ以上のことがらを念頭においた上で、日本ロマン派がいったい何であったかについて、改めて簡単にふれておきたい。ただし、この問題については、すでに吉本隆明、大岡信、桶谷秀昭、磯田光一、大久保典夫、等々のすぐれた研究が少なくないので、系統的な記述は省略して、当面の必要に沿った概括をおこなうにとどめたい。

ロマンチシズムが人間の思想・芸術・倫理の世界にひきおこした問題性は、すでに一九世紀ドイツにおけるその発生当時からたえず意識されたものであったが、それがとくに現代政治との関連において、恐ろしい姿をあらわした場合をとらえて、深い洞察を示した一人がトマス・マンである。かれが、ドイツ敗北の直後、ニューヨークでおこなった講演「ドイツとドイツ人」は、たんに文学史的な意味ではなく、およそ一つの民族に内在する宿命的な衝動の一形態としてドイツ・ロマンチシズムの問題を論じたものであった。

かれはそこでロマンチシズムを「あのきわめて美しいドイツ的特性――ドイツ的内面性《インネルリッヒカイト》の発露」とよび、それがいかに「もったいぶったアカデミズムの氾濫のために死ぬほど退屈していた」人々の心に力づよい「充実した深さ」の感覚をよびおこしたかを指摘している。しかし、またその半面において、そうした「デモーニッシュな陶酔」が、いかに人びとの心に「死への親和感」をよびおこしたか、そして、ついにはナチズムの「ヒステリックな蛮行、倨傲と犯罪の乱酔とけいれん」にみちびくにいたったかを悲痛な言葉で説き明かしている。

ロマンチシズムそのものの問題としていえば、トマス・マンはそこで「ロマンチシズムのあの人をまどわす逆説」とよばれるものを指摘したわけである。その逆説というのは「抽象的な理性や浅薄なヒューマニズムに抗して、非合理的な生命力の意味を革命的に提起した」はずのロマンチシズムが、「まさにその非合理的なるものと過去とへの献身のために、死への深い親和感をあらわす」にいたるという事情であった。すべて、こうしたなりゆきをジュピター的なまなざしで見とおしていたゲーテが「ロマン的なるものは病的である」と簡潔に規定したことはよく知られている。トマス・マンは、そのことを一個の民族の苦悩にみちた精神史の問題として述べたわけである。

一般にロマンチシズムのなぞめいた問題性が、ここにいわれる「逆説」に集中されることはいうまでもあるまい。そしてその事情は、一次的にはまた、日本ロマン派の場合にも、そのままあてはまるはずのものであった。

日本ロマン派は、その生誕期の形象としては、たしかに「大正官僚風」に硬直化し、空疎化した「アカデミズム」と、大正教養主義的な底の浅い「ヒューマニズム」と、「内面的な深さ」を欠如し、教条化した政治運動と、そして何よりもそうした事態の根源となった「文明開化主義」（＝近代主義）とへの革命的な反抗現象であった。

そのことはたんに当時の文学史を研究することによって確かめられるばかりではなく、私のような当時の一少年読者の実感からしても、そのとおりであったという印象がある。私的な記憶や実感をもち出すのは恐縮であるが、当時高校生だった私がはじめて日本ロマン派の著作――とくにその中心人物、保田与重郎の著作にふれたのは、昭和十四、五年ごろのことであった。そして、その著作がどういう形で私の心に入ってきたかといえば、何よりもそれは「俗物主義」への熱烈な反抗という印象を媒介とするものであった。同じころ「おくれて来たロマン主義者」ニーチェの「教養ある俗物」という言葉ほど、少年の私の虚栄心を快くくすぐったものは少なかったが、私は日本ロマン派の中に、そのニーチェの批判と同じ精神を感じとるように思った。日本社会には、そうした「教養ある俗物」が氾濫しているように思えた。そしてそれらの階層がすべて無味乾燥な社会の制度と文化とを支配しているように思われた。文化的にいえば、その中心が「岩波文化」であるという日本ロマン派の指摘なども、比喩的な表現法として、まさにそのとおりという実感をいだいた。

その実感をもととしていうかぎり、日本ロマン派は、戦後になってひととおりの常識としていわれるような、中世的神秘主義、封建反動にも類推される復古主義などではなく、かえって、保田与重郎自身のいう「もっとも尖鋭な近代と、又すでに頽廃する以外に更生法のない現代の皮膚の尖端にあきらかに暁通」した者の思想態度としてうけとられた。これは、もし私がその当時少しでもマルクス主義の理論を知っていたとするなら、あるいは、その近代主義社会の批判を文学的に、心情的に置きかえたものとして錯覚したかもしれないものでさえあった。

ともかく、初期ロマン派は、そのようなものとして、トマス・マンのいう「内面性」に新鮮にアピールする魅惑があった。なによりもそれは、私たちが「準戦時体制」のもとに、画一化され、マス化されてゆく人間精神を感じとらざるをえなかった時期、人間生活の内面に存在する心情の深さに眼をひらかせる力をもっていた。それがはたして「民族」ないし「民衆」の心へと真に私たちを近づけたか否かは、いま思えば疑わしい。しかし、少なくとも、それが個人の心の奥底にひそむ根源的な、貴重な衝動を喚起する力をもっていたことだけは、たしかである。

ここまでが日本ロマン派の美しい序奏部分である。日本ロマン派の有力な論敵、中野重治の言葉でいえば「高貴なもの、高邁な精神、マルクス主義、プロレタリア文学運動の意識すら認めた上での精神主義的流れ」といわれるのがその段階であった。

しかし、ここで少なくとも二つの問題がすぐに出てくる。その一つは、その当時、そのようなものとしての日本ロマン派に惹かれていった人びとが、はたしてもともと無垢の衝動にみちびかれたものであったか否か、ということ。もう一つは、いうまでもなく、そのようなものとしてのロマンチシズムが、ついにはトマス・マンのいう「倨傲と犯罪の乱酔」に終らなかったか否か、という問題である。

第一の問題はきわめて微妙である。それはちょうど、ある個人の内部にひそむサディズムとマゾヒズムの衝動の相互置換関係に類推しうるような微妙さを含んでいる。あるいは、もっと簡潔にいえば、人間の虚栄心における美しさと醜さの共生にも似ている。純潔を希求するものが、もっとも不純な精神の持主であるという場合がある。もっとも俗物性を忌み嫌うものが、平凡な俗物以上に卑俗である場合はいくらもある。すでにゲーテは、ロマン派の人びとの本質をスピノザが定義した意味における「羨望」であるというふうに断定しているが、言いかえれば、かれらの反俗性と革命性は、反俗と革命に無能力なる者の倒錯した自意識にすぎないという側面もたしかにあった。

私は、このこともまた、私の実感からして、日本ロマン派についてもまた否定しがたいと思う。私自身のことを言えば、私はそれが「岩波文化」であれ、「大正教養主義」であれ、「帝大アカデミズム」であれ、とうてい私には及びがたいという無力感を明らかに感じていた。

この種の早熟な無能感から脱れるための方法が、いわゆるロマンティッシェ・イロニイというものであろうが、もし然りとすれば、ロマンチシズムの純潔期においてさえ、そこにはすでに頽廃期ロマンチシズムの心理が、あらかじめあらわれていたかもしれないのである。

このあたりの消息を明晰な散文によって読みたいと思うなら、自身少年期に日本ロマン派の精神の甘美な象徴であった三島由紀夫の初期作品をひもとけばよいかもしれない。三島由紀夫は、ロマンチシズムの味方であるとともに、その敵対者でもあるという微妙な関係を象徴する人物である。

第二の問題については、もはや多くを述べる必要はないであろう。杉浦明平は、およそロマンチシズムを痛罵する点において、ハインリヒ・ハイネに似た人物であるが、その日本ロマン派批判は「帝国主義その断末魔の刹那のチンドン屋、オベンチャラ、ペテン師、詐欺漢、たいこ持ち」という猛烈なものであった。これを、品位のない批判としてしりぞけることはできない。杉浦も自己の実感と品位をかけて、そのように述べているからである。

それよりも、問題は日本ロマン派が「和泉式部へ、万葉へと行った『高貴な』精神が、軍国政権との抱合い心中として繁栄した商業主義文学世界にあれほど色目をつかい、最も下等な中河与一や林房雄と抱合い心中をとげた」(中野重治)などと糾弾されたことがらについて、なぜ十分に思想的な反証をあげえていないかということであろう。なるほど、それは軍国主義そのものではなく、直接の権力そのものでもなかった。しかし、要するに日本ロマン派は、自己の純潔を弁明しうるには、あまりにも無力であったことは否定できないであろう。

ここまでのところ、私は日本ロマン派の問題をあまりにも個人的な心理の問題に近寄せすぎたかもしれない。日本ロマン派は、むしろ近代日本のナショナリズムの文脈においてとらえられるべきであり、まさに現代におけるその再登場は、ネオ・ナショナリズムとの関連において問われているではないかという批判があるかもしれない。しかし、その問題は後述するために、わざとこの節の記述からはとり除いておいたものである。ここで私の見ておきたかったことは、いわばロマンチシズムの個人的、倫理的側面に含まれる若干の問題にすぎなかった。

こうして日本ロマン派は、戦争の終った直後は、たんなる過去の悪夢として、無視されたまま忘れ去られるように見えた。その再評価のきざしは、ほぼ戦後六、七年たって、竹内好や中野重治の論文をきっかけにして始り、その後間もなく、正統な思想問題の一つとして注目されるにいたった。そして、その十年後の現在では、初めにのべたように、ネオ・ロマンチシズムの源流ともいうべき地位を与えられ、一部の文学者、評論家の中には、むしろその積極的評価に傾く人びとさえあらわれている。ちょうど一世代を経て日本ロマン派は復権をとげ、『保田与重郎全集』の企画さえすすめられていると聞いている。これは、十年前にはおそらく考えも及ばないことであった。

しかし、現在の日本ロマン派の再生は、幾つかの点で第一次（？）のそれとはことなっている。まず現在のそれは、保田与重郎のような一個の創造的な中心をもっていないし、それに関連するが、その傾向の主流が文芸評論家の解釈論という形をとっていることである。そのかぎり、この再生は逆にすでに日本ロマン派が過去のものとして、一個のスマートな研究対象に転化しつつあることを物語るにすぎないであろう。

しかし、もう一つの兆候がある。それは日本ロマン派再評価を一つの契機としながら、それが現代日本におけるナショナリズムの再形成を志向していると見られることであろう。現在、日本ロマン派の再登場を警戒する人びとの批判目標が、もっぱら林房雄、三島由紀夫らの政治的発言に向けられるとともに、その周辺ないし背景に小林秀雄、福田恆存、村松剛、江藤淳、竹内好、吉本隆明らまでの言論が想定され、そのつど批判のやり玉に上げられるというのは、その関係を示すものであろう。つまり、これらの人びとに共通する近代主義・進歩主義への一定の批判が、一方では新しい蒙昧主義へ、他方においては新しいナショナリズムへみちびくものとして危険視され、それらは相結ぶことによって、ネオ・ファシズムへの道を啓開するのではないかと危惧されているわけである。

しかし、私は論壇の戦線配置を器用に説明する関心をもたないから、ここではいわゆるネオ・ナショナリズムを視野にすえることによって、逆に現代ロマンチシズムの精神と志向に照明を与えることを試みるにとどめたい。その場合、おそらくもっとも興味ある対象は、三島由紀夫の存在であろう。

もちろん、三島が新しいナショナリストを自称しているとは私は聞いていない。ただ、この種の問題がとりあげられるとき、三島の名はたえずその中心にあらわれてくる。そればかりでなく、必ずしも文学愛好者とも思われない青年たちにも、三島は無視することのできない強烈な印象を与えているように見えるし、全学連の中のテロリストめいた青年たちをも、一定の微妙な磁力によってひきつけている。三島がしばしば攻撃する丸山真男の崇拝者たちの中にも、三島の奇妙な魅力に敏感な反応を示す学生は少なくない。そして、それらすべての影響関係の中心には、まさにナショナリズムとでもいうほかはない一種のパセティクなムードが認められる。ともあれ、三島はある新しい生命のスタイル、新しい共感のシンボルのように見られているところがあり、その浸透力は林房雄などとは全くちがっている。しかし、なぜそういうことになっているのか？

三島の作品や思想が、現代青年層に、なぜある刺激的な作用をひきおこすのか。この問題を十分実証的に解明することは、ここでは果せそうにもない。そのためには、現代青年のおかれている知的な、また生活的な状況を周到に分析することが必要となるであろう。そして、もしそのような三島関心ともいうべきものが、なんらかの意味でロマンチシズムの志向を含んでいるとするならば、それの解明のためには、さらに現代社会におけるロマンチシズムの特性を明らかにすることが必要となるはずである。しかし、ここでは問題を仮説的に「大衆化状況」との関連に限定し、この歴史的状況の中における人間の意味という文脈において、同じ設問に答えてみることにしたい。

ここで大衆化状況ということを言ったけれど、それはある意味では、決して戦後の全く新しい状況ではないということを確認しておくことはムダではないであろう。梅棹忠夫流にいえば「戦後、特に最近のわれわれの生活条件を考えると、大正末期から昭和初期にかけての私自身の体験にかなりよく接続する……今の生活を考えてみると、大正末期から昭和初期にかけてなかった要素というのはごく少ないですね」ということになるが、その意味で、大衆化状況もまた、私たち日本人が初めて経験した生活条件ではない。あるいは、さかのぼれば、日露戦争の後の日本社会は、すでにかなりの程度マス化の様相を呈し始めていたとさえいえるかもしれない。少なくとも、個人の意識の中に、自己の存在が「砂のごとき」大衆の中の孤独な一粒にすぎないという疎外感が成長し始めたという意味でいえば、そのように考えることができるであろう。マス・ヒステリアの潜在要因が広く拡がった時代という意味でも、同じことがいえるかもしれない。青年心理の中に、過度の緊張と挫折感からくるニューロチック（神経症的）な退行と、自己憐愍の感情が一般化したのも、そのころからのことである。

こうした大衆化の意識は、その必然的な伴侶として、さまざまな志向と結びついたロマンチシズムの心情をよびおこす。石川啄木が「浪曼主義は弱き心の所産である。如何なる時代にも弱き心はある。……最も強き心を持った人には最も弱き心がある。最も強き心を持った時代には最も弱き心がある」などと記したのも、ある成熟した社会の中に生きる己れの疎外感の内部をのぞきこんでのことであった。

すべて、こうした状況が青年の中にひきおこす反応は、一次的に言って「人間らしく生きたい！」という素朴な欲求にほかならない。すべてをアトマイズする文明形態に抗して、己れの真の個性を形成したいという当然の欲求である。しかし、その欲求の実現が不可能ではないかという予感にたえず刺激されながら強調されるところに、この種のロマンチシズムの特性がある。

かつて、第一次大戦後のドイツに拡がった青年インテリゲンチァのロマンチシズムについて、マックス・ウェーバーは、その核にある衝動を「個性」と「体験」の追求と規定し、青年たちが工夫をこらして「体験」（サンサシオンともよばれる）をえようと努めているのを痛烈に批判したことがあるが、現代日本青年層の心の中にも、それとほぼ同じ特性が見られる。いわゆる「カッコイイ！」ものへの渇望は、ウェーバー流にいえば、真の「個性」をもちえないものの「もてるかの如きふるまい」に該当するはずである。

しかし、ここで、ロマンチシズムのあの逆説が発動し始める。個性の中にひそむ「弱さ」と「強さ」の微妙な反転のダイナミズムともいえよう。弱者がその弱さを自覚するということ自体に、ある微妙な岐路が含まれている。三島の言葉でいえば――

「（人間の）弱さにだけ真実があるというのはほんとうだろうかというのが、僕の根本的な疑問だった。人間というのはどういうふうにつかまえたらいいのだろうか。そうすると、強く見せれば、強がっているとおもわれる。弱く見せれば、弱がっているとは思われないという、へんな心理が人間にある。強がれば、うそだ、あいつは弱いから強がっていると。弱がれば謙遜だということもありましょうが、より真実に近いという盲信がある。」

ここで、いうまでもなく三島は人間の強さのほうを選んでいる。しかし、それは人間が強いという認識のことではない。そんな認識はありえようもないが、三島のいう強さとは、何よりもまず、かれの文学の理念と結びついた発想であった。

「弱い人間というが、『人間はみな弱い』という考え方もありましょう。そのとき文学が概念的に浮かんでくる。つまり、自分を表現したらどうだろうか、自分が救われるのではないだろうか。だけれども、それが第一段階の文学で、文学の第二段階は製作過程に入るところとことばにぶつかると思う。ことばは絶対に克己心を教えますね。それでことばというものにぶつかったときに、つまり文学というのは、己れの弱さをそのまま是認するものではない。文学の世界にことばがあって、われわれに克己心を要求するのだということを学んだような気がする。それは自制の心というか……」

三島のいう「強さ」が、かれの文学的体験と結びついたものであることがここで明らかである。その意味では、かれはかつて日本ロマン派の最年少の一人であったが、日本ロマン派に固有の人間論・文学論ともおのずから別れるところがある。いわば同じロマンチシズムの源流から、三島はむしろストイシズムに近い文学的方法をつくり出したのに対し、本来の日本ロマン派は、かえって三島のいう自己憐愍に近い斜面をすべっていったともいえよう。

こうした三島の強者の文学という方法は、主題としてしばしば右翼のイメージをともなう象徴と結びついてゆく。「剣」のイメージはその端的な象徴であろうし、二・二六の青年将校への関心も、同じストイックな方法意識のあらわれであろう。しかし、ここでは三島の文学論が問題ではなく、かれがそのような体験をとおして「民族」「ネーション」に対してどのようなヴィジョンをいだくにいたったか、そして、それが、現代青年の心の、どのようなメカニズムにアピールしているか、ということである。

この問題を簡明にいえば、三島においてネーションは大衆社会化に抵抗する原理であるといってよい。かれは「民族」ということばは「少しかすがついたことばで、あまり好かんですが」とことわっているが、かれの思想における「ナショナルなもの」は、たしかに一般のナショナリズムとは微妙にくいちがうニュアンスをもっている。

「つまり新しい時代の新しい大衆社会化の現象が起こっている。そういうことに対抗して、日本とか日本人を考えるのであって、そういうナショナリズムというのは、いわゆる普通の意味の、十九世紀以前のナショナリズムとか、民族的な国家におけるナショナリズムとは、ぜんぜん性質が違うのではありませんかね。」

三島のこの発言は、それだけでは政治的用語としてのナショナリズムと、いわば精神的な態度としてのナショナリズムを区別しようとしているのか、それとも、現代ナショナリズムが二十世紀以前のそれと性格を異にするであろうという当然のことを指摘したのか、少し曖昧であるが、その力点のおき方からすれば、三島のいうナショナリズムが日本対アメリカというような国家レベルのそれではなく、要するに「工業化ないし大衆化、俗衆の平均化、マスコミの発達、そういう大きな技術社会の発達」に抵抗する原理としてとらえられていることだけは明らかであろう。

そして、それだけでは「ネーションの統一、独立、発展を志向し推し進めるイデオロギー」(丸山真男)というナショナリズムの一般的な意味に吻合しないこともまた明らかなはずである。第一、ネーションの「統一」はある意味では中世的な身分制の廃止によって、人間の「平均化」をもたらした当の原理であるし、その「独立」は三島の場合「いまは西洋もクソもないですね。アメリカですらないですね」として、すでに問題視されていないものであり、その「発展」など、なおさら意欲されているとは思えないものだからである。

たしかに三島のナショナリズムは、既成の範疇に入りにくいところがある。たとえば、かれが『英霊の声』で表現した天皇のイメージなども、従来の天皇論のいかなる類型にもおさまらないところがある。いわばきわめて個性的な三島の創造という側面がある。しかも、その三島の言動の周辺に、ナショナリズムとよばれるムードがただよっているとすれば、それは奇妙な背理であるかもしれない。三島と林房雄の『対話・日本人論』を読んでも、林のイメージにある伝統的なナショナリズムと、三島のそれとの微妙な食いちがいが目につくが、そのこともまた、ここで思い合わされるであろう。

人間の「強さ」に関する独特の思想と、大衆化に抗する原理としてのナショナリズムという着想の背後には、しかしもう一つ三島の思想の秘められた核がある。

ある意味ではその核心から、かれの思想的スタイルのすべてが流出するといえるかもしれない。それは、簡単にいえば、人間の生を支える強固な根拠としての死の観念である。これは、一般に右翼者の情念や、ロマンチシズムの精神と深い血縁をもった観念の一つであるが、はじめにトマス・マンの言葉で示したように、それはしばしば「方法化された狂乱」と結びつく。この狂乱において、人間はいわば究極的なるものに一体化し、したがって大衆化の低俗から完璧に離脱することができる。

ファシズムはもとよりそれであるが、三島の愛誦する『葉隠』の中にも、ほとんど「狂愚」にちかい方法意識がつらぬいている。三島のスタイルが青年をひきつけるのも、現代社会の残酷なまでに透徹した巨大なコンフォーミズムの壁を突破するために、三島の知的な「狂愚」の追求が、かれらの内面にある鮮明な可能性を想像させるからかもしれない。

V 三島事件をめぐって

狂い死の思想

三島はこの一、二年来、狂気か死をめざす非常にむずかしい生き方を考え続けてきたような気がする。彼は何物かへのノスタルジア（郷愁）に猛烈に襲われていたらしい。ノスタルジアというのは、もともとは「死に至る病」である。彼は戦後一貫して、その「死病」を抱き続けていたのではないだろうか。

しかし、彼が具体的にこんな形の狂気か死に行きつくとは感じていなかった。ノスタルジアに芯まで侵された人間が狂気とか死に至るといっても、それには、いろんな形がある。例えば、三島の大好きな『葉隠』はやはり一つのノスタルジアであった。しかし、『葉隠』の山本常朝はあれほど狂い死と犬死を賛美したにもかかわらず、七十いくつまで生きて、タタミの上で死んだ。極端にいえば、だれしも人間は狂い死の思想を持っている。それは新聞の社会面をみればわかる。余談だが、私のまわりにいる若者で、全く理由がわからず自殺する者が何人もいる。理由がわかるような形で死ぬ庶民が何人もいる。それらの人々の死の方が三島の死より私には重い。

私は、研究室で突然三島の死を聞いたとき、どういうわけかすぐに連想したのは、高山彦九郎であり、神風連であり、横山安武であり、相沢三郎などであった。これらの人々の死に方はいずれも異常きわまるものであり、その死の意味を理性の世界で納得することはほとんど不可能なものであった。

これらの人々の行動はいずれも常識を越えた「狂」の次元に属するものとされている。この「狂」の伝統がどのようにして、日本に伝えられているのか、それはまだだれもわからないのではないだろうか。ただ、すべての「異常」な行動を「良識」によって片づけることは、これまでの日本人の心をよくとらえ切っていない。日本人は、否、人間は、自分の内部の「狂」をもっと直視すべきではないだろうか。

三島は私の知るところでは非常に「愚直」な人物である。私のいう意味は、幕末の志士たちのいう「頑鈍」の精神であり、私としてはほめ言葉である。（かつて三島は私に愚直と呼ばれたことを喜んでいた。これは、むしろ私の真意であり、私もその正確な理解力に感動した。）

ただ三島の自決は、私には神風連から相沢に至る「狂」の伝統のワクにそのまま収まらないようなところがあって、それがナゾである。ある人びとは、彼の自決こそが彼の思想＝美学の完結であるというが、私にはそうは思えないところがある。事実の関係がはっきりしないので、私はそのように思うのだが、しかし、考えてみると朝日平吾の死のときもまた、その行動の意味を正解し得たものは、ほとんどいなかった。

こんどの場合佐藤首相が「気違い」と見たことと、当時の原敬首相も同様に受けとっていたことを思いあわせると、いずれも常識を越えた狂気の沙汰、つまり現体制の論理に全く無縁の偶発とみなしたところが同じである。

歴史的類推が行きすぎになるかも知れないが、政治指導者の予見力が問われるような事件として、こんどの問題もほぼ十年後（あるいはもっと短い時期）にその意味を明らかにするかも知れない。私は三島をノーベル賞候補作家というよりも、その意味では、むしろ無名のテロリスト朝日平吾あるいは中岡艮一などと同じように考えたい。三島はそのことを別に不満とはしないであろうといまのところ考えている。

私の日本人論——清沢洌の「戦中日記」を読んで

今年（一九七〇年）は数えてみると満州事変から四十年、「大東亜戦争」から三十年、そして八・一五の敗戦からさえ二十五年の歳月がすぎたことになる。お互いなんとも無謀な時代に生まれたなあといえばそれまでであるが、それよりも、いま私の気にかかるのは、現在の日本国民は、この三、四十年の経験によって、どれほど成長したのだろうかという歴史的な問題である。

もちろん、国民の成長とは何か、何によってそれを測定することができるのかということは、だれにもよくわかることではないだろうが、とにかく私はそういうことが気にかかっている。というのは、最近たまたま清沢洌の「戦中日記」を検討する機会を与えられ、その中に精細に記録された日本国民（大衆と知識人と政府と）の姿を読みなおしていると、しだいにそれが現代の日本国民にそのまま合致してくるように思われて、一種の無気味さを感じたからである。

清沢の日記にあらわれる日本国民は、一言でいえば決して「馬鹿な国民に非ざるも、偉大な国民に非ず」というものであった。小田実風にいえば「チョボチョボ」ということになるかもしれないが、清沢はそれほど気楽には言っていない。馬鹿じゃないから経験から何かを学ぶことはできるが、心の偉大さを欠くから、将来「必ず同じことをくりかえすであろう」というのである。どうもそれが清沢の真意に近いようで、それで私などは、おのれを含めた日本国民のことが改めて不安になったのである。

ここで「偉大な国民」というのはどういうものかを清沢は説明してはいない。彼は必ずしも欧米心酔者ではなく、むしろ正常な日本の愛国者というに近い人物である。ただ、彼が日本人が偉大でないということをいう時、その証拠としてあげているのは、日本人が「他国民の感情、考え方に対し一歩置いて客観的に見ることがどうしてもできない」という例であった。いいかえれば、自己の「ウィッシュフル・シンキング」にもとづく自己欺瞞から、日本人は脱却することがほとんどできないということであった。それは心の狭さにもとづいており、自己の感情をとおして見られた現実が、そのまま普遍的な事実に見えるという「小児性」をこえることをなしえないという意味であった。

清沢があげている一例でいえば、昭和十八年五月、アリューシャンのアッツ島において、日本軍が「玉砕」をとげたことがあった。日本人は、ほとんどすべてそこに崇高な自己犠牲の「大和魂」を感じて悲憤した。(私もそうであった。) そして「こうした高貴なことがらが彼等〔＝アメリカ人〕に分らないことも天下の不思議」と考えた。清沢はそうしたメンタリティこそ、小児的自己欺瞞の典型とみなしたのである。なぜ「玉砕」の悲壮感に酔うだけで、その背景にある日本国家の政治＝軍事指導の愚劣さに反対しようとしないのか、なぜそれほどまでに自己の「悲壮感情を喰べて」いるだけでいいのか、というのが清沢の批判であった。

私は、そういう清沢の猛烈な日本人批判を読みながら、その一つ一つが私自身に的確にあてはまることを何度も感じた。そして、私がかりに戦後に生きのびることによって、偶然に当時の日本国民(再び大衆と知識人と政府と)に対する批判を他人のことのように聞くことができるとしても、それはより悪ずれした「自己欺瞞」にほかならないのではないかと思うことが多かった。私はたまたま遭遇した清沢洌を一世の思想家とみなしているわけではない。しかし、その一介の俊敏な評論家の水準から見ても、私たち戦後民主主義の受益者たちは、あまり立派な口をきけるとは思えなかったのである。

しかし、それも要するに、三十年前、戦争という異常事態におかれた日本国民のことではないか。それ以前の日本人は必ずしもそのような自己欺瞞にとらわれることは少なかったし、まして戦後の日本国民は、すでに人口の四四%を占める(一九六八年)戦後世代によって肉体化された「戦後民主主義」の中に生きているではないか、という反論も当然有力なものである。たしかに、清沢が描いたような戦争での日本国民の「矮小性」は例外的なものであり、本来の日本人、とくに戦後民主主義下の日本人はまさかそれほど卑小なものではないかもしれない。私自身もその点ほとんど疑念をもってはいないし、清沢例その人もまた明治生まれの愛国者として「天よ、日本に幸せよ、日本を偉大たらしめよ、皇室を無窮たらしめよ」とためらいなく書くことのできる人であった。しかし、にもかかわらず、彼がほとんど渾身の憎悪をもって日本国民を弾劾せざるをえなかったのはなぜか?

私は、できるなら戦前と戦後の日本国民の同一性と違いについて、そして特に戦前の中でも明治期と大正・昭和期の日本国民の異同について、簡単に私の見解を述べてみたいと思った。それによって、たとえば清沢のような人物の一見不可思議な分裂――熱烈な愛国者と熱烈な国家批判者という矛盾――の意味を説明したいと思ったのだが、ここではそれは果たせそうにもない。私がここにつけ加えておけると思うのは、たとえば次のような数項目だけである。

一、戦後の日本国民は、戦前、とくに明治の国民よりも、はるかに進んだという考え方をもたないほうがよいということ。日本ファシズムとよばれる国家体制は、そのあたりに関する無自覚と自惚れによって成立したと思われることが多いということ。

二、戦後民主主義がそれ自体なんらかのメリットを日本国民にもたらしたという形式主義的錯覚をも適当に放棄すること。日本国民がそれほど変わったとは他人は別に思っていないことを知るべきだということ。

三、しかし、日本人の精神構造、民族性その他に関する外国ないし日本の学者たちの悲観的論評を別に信奉する必要もないということ。それはまだ未解決の問題であり、参考ていどにしておけばいいこと。

四、要するに日本国民も、どこの国民も、大したことはないと覚悟した上で、とくに日本国民にもダメなところがあるという方法的認識を堅持すること。

〈追記〉この原稿を渡した日の午後、私は三島事件を知った。編集部の命もあるので、以下の文章をつけ加えておきたい。

三島には私は面識はないものの、個人的な思い出がないわけではない。しかし彼の死は、個人的な死とはいえないところがあるので、ここでは、本文の論旨に従って、その死の意味を考えておきたい。

たとえば、アッツ玉砕に全く心を動かされない日本人がいたとすれば、それはかなり異常な人間であるかもしれない。しかしまた、アッツ玉砕の行動に日本の神々のふるまいを見、みずからもまたその神々の一人であると主張してはばからない人間がいたとすれば、それもまた正常な人間とは私は思わない。三島の死は、現世における「正常と異常」「神と人間」の差別を彼一流の「美学」によって一挙に突破しようとしたものであるかもしれない。それは彼の悲劇的な意味での「自由」であった。

清沢のしるしたような日本人の「狂気」を、彼はその四半世紀の後に何人にも理解しうるような形で表現してくれたのであろう。私は個人としての三島への哀惜を禁じ得ないとともに、その死が、あの戦争期の自己欺瞞（＝自己陶酔）への痛烈なイロニィであってほしいと願わざるをえない。

三島由紀夫の生と死

三島裁判（通称に従う）の判決が出た段階で感想をまとめてほしいという本誌の依頼はもう二ヵ月ほど前であった。その時は心身ともゆとりがあるように思っていたので、あまり考慮もしないで承諾したのだが、いざ判決があってその感想を述べるとなると、やはりいささか憂鬱な思いがしないではない。その憂鬱の理由は執筆の時間があまりないこともあるが、それを別にしていえば、第一にはことがらが法律や裁判ということに関係しており、それ自体としては私にあまり興味がないからであり、次には問題の性質上どうしても三島事件そのものへの感想をのべねばならないことになるが、そのことがいまだに私には気が重いからである。判決についての感想などというものを私はかつて書いたこともないし、こんどの判決文（要旨）を読んでもとくに関心をひかれるところもなかった。

そして三島事件ということについていえば、この一年半ほどの間におびただしい数の論評が出ており、これからもなお出るであろうと予想される。しかもそのおびただしい論評はほとんど一つの巨大な騒音の雲のようなものの中にとけこんで、日本の空に濛々と立ちこめているという気はいである。そういうところに今もう一つの騒音を投げ入れることは、やはり大変気のすすまない仕事である。以下そのような心境のもとで記したとりとめのない雑感である。

＊

三島裁判とはいってもそこで三島が（またその介錯をして自刃した森田必勝が）裁かれたのではないことはいうまでもない。三島事件の中心人物は明かに三島その人であり、その事件の社会的反響に異様な色どりをそえたものが森田にほかならなかったが、この裁判では初めからこの二人の主要人物は不在であった。生き残って法廷の審理をうけることになった小賀・小川・古賀の三名は、監禁致傷、暴力行為、傷害、職務強要、嘱託殺人の五つの罪名に問われることになったが、これがいわゆる「三島裁判」というわけである。

ここではじめからいささか勝手な想像を私は禁じえない。というのは、もし森田が独力で自刃して果てていたならどうなるかということである。昭和二十年八月の大東塾々生十四名の集団自決の時には、介錯者二名は最後には自ら命を断っているから、森田がそうしたとしても不思議ではなかった。もしそうであったなら、嘱託殺人の項目は三人の起訴事実から消えてしまうし、それだけでなく、益田総監の監禁にともなって生じた同総監と、自衛官七名の傷害ということも場合によっては生起しなかった可能性は十分にあるから、のこる容疑事実は暴力行為等処罰に関する法律第一条違反（脅迫と器物損壊だけで、傷害はないことになる）と職務強要と監禁だけということになる。このうち法定刑の最高は監禁の五年以下というものだから、この三被告の裁判は大変簡単なものということになる。しかし、それよりも、もしこの事件が三島と森田の二人だけによって敢行され、しかもこの二人とも自刃していたとするならば、その時もそれが大きな衝撃を内外に引きおこしたであろうことは同じであるとしても、しかし、そもそも三島裁判というものはありえないことになる。「楯の会」も同様にその時は解散しているはずだから、事件の背後の捜査ということもつまりは立消えということになるだろう。

こんな奇妙な想像をしてみたくなるところがこの裁判にはどうもはじめからあるように私は感じる。つまりすべては二年前（一九七〇年）の十一月二十五日に終っており、あとはただ様々な解釈ないし神話の氾濫に委ねられた季節にすぎず、三人の被告を含めてこの裁判に関係した人々のすべては、言葉は悪いがなにか不必要なことをやむなく強要させられているようにも見えてくる。

三島があるところでした講演のことばを引けば「いま非常な情報化社会がありますから精神というものはテレビに写らない。そしてテレビに写るのはノボリや、プラカードや、人の顔です。それからステートメントです。そして人間はみんなステートメントやることによって、なにかしたような気持になっているんです……。そのステートメントが情報化社会のなかで、非常なスピードで溶解されて、ちょうどあたかも塵埃処理のように、早くこれをすてて始末しなければ東京中が塵埃でうずまってしまう。紙くずでうずまってしまう。それで情報化社会というものは過剰な情報をどんどん処理しているんです。この東京というもの、日本というものは、近代化すればするほど巨大な塵埃焼却炉みたいになってくる」という、その巨大で乾ききった情報メカニズムのなかで、三島裁判の情報がどのような形で処理され、どこへ行きつくかについてさえ、三島はとっくに見とおしていたように私には思われる。

もちろん、判決がこのようなものになるであろうことも彼は予測していたであろう。判決の夜のテレビで、黛敏郎が「もし三島さんが生きておられてこの判決をよまれたら、自分が思っていたとおりの判決だと思われたろう」と語っているが、これは私もまた同感である。つまり三島は、彼の死後に行なわれる裁判については多くも少なくも期待してはいなかったと見てよいということである。

事実、この裁判は、はじめからそうなるであろうと思われたとおりの経過をたどり、ほぼ予想どおりの結論を出してそれで終った（量刑がややきびしすぎるという批評はあるが）。この種の裁判としてはほとんどなんら緊迫した場面が見られなかったのもむしろ例外的なことで、あとでのべてみたいいくつかの思想史上の裁判事件に比べても、そのことは目立った印象である。そして、この裁判がそのようにいささか憮然たる印象を与えることと、それがそうなるはずと三島自身予測していたであろうと思われることと、三島事件そのものの異常な衝撃との相互間のちぐはぐさのなかに、私はことがらの本質があるように感じる。

＊

しかし、その前にやはり判決についての感想をのべるのが順序であろう。そこにも私の考えではいくらか問題がなくはないからである。

まず第一の印象は、それが刑事裁判である以上当然のことかもしれないが、この事件の「思想的背景及び企図」についての認定がいかにも平明にすぎ、ほとんどその記述の中途に停滞することを許さないほど軽快であることである。これはなにも判決文に限らず、昔からすべての裁判関係記録の文体上の特徴といっていいものであるが、私などの感じでは、たとえば一年間の思想史の講義を要領よくまとめあげた頭のいい学生のレポートと同じように、要点はもれなく要約されてはいるものの、果してその中味がどれほどわかっているのか疑わしいと思わざるをえないような性質のものである。

もとよりこの部分は判決の結論を出すために致命的に重要な部分ではない。それは前記の学生のレポートにおいて、その学生がいかなる思想的な能力をもつかが問われているのではなく、講義内容をどのように要領よくとらえているかという別の次元の能力が問われているのと同じことである。したがってふつうその種の文章は局外者には読むにたえないことが多い。とくにその傾向は、検察官の起訴状や冒頭陳述のものに強いと思われるが、どういうものか今回の裁判ではその点難が少ない。

これは余計な素人の感想かもしれないが、ともかくこの判決文も文章の上では大変わかりよいものである。ただ、前にいったように、それはもっぱらいわゆる「思想的背景」を過不足なく要約したというだけのもので、その内容についての批判的詮索を進めたものではない。こんどの事件は監禁傷害以下の簡明なものとして扱われたということもあるし、刑事事件が思想そのものの判定を必要とするものではないという大義名分もあるので、それはそれで当然なことといってもよいであろう。にもかかわらず、この平明濶達な認定の文章には私はやはり疑問をいだかざるをえなかった。

というのは、一つにはやはり裁判長のかなり有名になった訴訟指揮の印象が関連している。これも今となってはどうでもよいことだが、櫛淵裁判長については、かつてその「異常指揮」ぶりが一部のマスコミに報道されたことがあるように、審理上必要の範囲とは思われないことがら――たとえば被告との間の立ち入った「陽明学問答」とか、三島の刀の扱いかたについての身ぶり入りの専門的質問とか――に関してかなり積極的な発言があり、そのためひょっとするとこの裁判では、三島の思想と行動の深い解釈にもとづくユニークな判決が出るかもしれないという懸念（？）が一部にいだかれたほどである。

それともう一つ、主任弁護人の草鹿浅之介がかつて第二神兵隊事件（いわゆる七・五事件）の時の裁判長であり、その時の判決が被告たちによって大いに好感をもたれたといういきさつもあって、なにかこの裁判によって、かつての五・一五事件その他の裁判で見られたような異常な精神史上の意味が表明されるのではないかという漠然とした予想がいだかれもした。もちろん法律的にはこの三被告の裁判には複雑・深刻なところはなかった。しかしあの五・一五事件のときも、その点は同じことであった。だからあるいはこんどの事件もそうした思いがけない展開のきっかけとなるかもしれない――そんな風に刺激を求める人々の間に一定の期待感がなかったとはいえない。

そういう期待というか、むしろその実現を求めたものが民族派の人々であったことも異とするに当らない。彼らはこの裁判の中心を「一一・二五義挙」そのものの究明にあるとし、檄文にもられた思想の審議、そこで謳われた憲法改正の是非の判定をとおして、この裁判を「思想裁判」「憲法裁判」に展開させようとした。彼らにとって、法廷の三被告の罪状とされた暴力行為等々の容疑はほとんど問題とならなかった。問題はそのような事件をひきおこした三島思想そのものの正否の審議だったわけである。

ここで局外にいてよくわからないことの一つは、弁護団とそのような意図をいだいた民族派の支援団体との間に生じた対立の背景である。この対立というのは昨年十一月頃から表面化したものと報道されているが、要するに、一一・二五の行動で三島らが果しえなかった改憲目的を、公判廷における言論によって一歩でも二歩でも推し進めようとするのが支援団体の意図であったのに、弁護団側はたんに末梢的な技術的法律論や情状酌量論を展開するだけで、それは「無為無策を通りこし、もはや犯罪的である」(『全国学生新聞』十一・十二月合併号)という両者の対立である。この対立が表面化したのは、弁護側の証人申請によって進歩派と目される佐藤功が出廷するにいたったことも大きなきっかけになっている。改憲論者中の大物あたりを証人として期待した支援団体にとって、それはまさしく「犯罪的」なやり方であったにちがいない。

ここで素人の私によくわからないことが裁判官と弁護側の双方について生じる。裁判官は三島その人の思想についてかなり深い理解を示そうとする姿勢をとった。弁護側はもちろんその冒頭陳述に見られるように「犯罪によっては結果として現われた犯罪構成要件該当の事実よりも、むしろその動機原因が重要な意味を持つ場合がある。本件はまさにその場合に当る。殊に本件に於ては、公訴事実そのものはこれら全行動から観れば単に終局の〈プンクト〉に過ぎず、これを審判の対象とすることは殆ど意味がない。本件に於ては、三島の動機原因を解明することこそ審判の最も重要な眼目である」という立場から、三島思想そのものの究明——それはひいては憲法と自衛隊についての根本的論戦をひきおこすはず——に裁判の目的があるとしてスタートした。支援団体はもちろんそれを熱望していたのだから、この公判はかなりスリリングなものとなるように思われた。

にもかかわらず、結局は判決文でもわかるように、三島思想そのものは実質的に審判の対象からはずされ、「殆ど意味のない」三被告への公訴事実のみが審議の中心となっている。三島思想についての記載はたんに三被告の情状酌量のために附随的に行なわれたにすぎないという印象である。俗にいえば初めは脱兎の如く、終りは処女という印象になったわけだ。

判決文を見て私の感じた第一の疑問というものはそのことに関わっている。公判記録のすべてを見たわけではないので、こうした推移、ハッキリいえば転換に似たものがどのような経過をたどったのか私にはわからないし、少し専門的な人々にいわせれば、そもそもそんな転換などはなかったということになるのかもしれない。しかしそれなら初めからこの裁判に一貫した方針があったかというと、私にはそのようにも思えない。

つまり、なんらかの理由で、裁判所の側も、弁護人の側も、この裁判が到底当初の意図のようなもの（その意図があったとして）としては成立しえないことを知ったのではないだろうか。もとより、これが単純な刑事裁判であることは初めから形式的には明白であった。かりに三島の思想と行動を審議しようにも刑法上の犯罪要件の構成さえむずかしいし、とすればその思想そのものを一個の犯罪として仮定してみるしかない。しかしそれが無意味であることも自明である。とすれば、やはり裁判は起訴事実にもとづいて一般普通の刑事事件として審議するほかはない——あまり明晰な分析ではないが、なにかそのような経過があったのではないだろうか。

もっと俗にいえば、審議過程で、これは三島に一杯くわされたというような心理が双方をとらえたのではないだろうか。弁護側はたしかに三島思想の吟味こそが裁判の大目的であることは最後までくりかえしてはいる。しかし、そのさいに援用された論理——「国家のための緊急救助」とか、職務強要罪の不成立とかの「理論」は、それ自体法律解釈への偏向であり、しかもかなり曖昧な偏向にすぎない。三島思想とはほとんど無縁の理論であることも明かである。だからそれらの弁護は、すべてせいぜい情状酌量のための効用しかもちえないものになった。

裁判がこのように竜頭蛇尾に終るであろうことは、たとえば次のような公判廷の模様からも一部は予想されえた。

「村松証人は、三島が気狂いでもファシスト、軍国主義者でもないこと、国際的な評価を頭に置いて仕事した唯一の日本人作家であることなどを熱心に語り……村松証言は、午後一時半から四時過まで三時間近い長いものだったが、その間、検察側は腕を組んだり天井をながめたり、終始所在なげな様子で〈反対訊問〉を裁判長にうながされると、ひとこと〈ありません〉と答えた」（『サンデー毎日』一九七一・一一・二八号）。

つまり、検事側ははじめからこの事件が裁判事件としていかなるものであるかを見とおしている。三島の思想や文学についての証言はなんら本件には関係がないという立場を一貫している。その点、「起訴状」と「論告要旨」の明快さはむしろ小気味よいほどのもので、法律論としての説得性は弁護論にまさるという印象である。主任弁護人草鹿浅之介の「弁論要旨」というのも見たが、私の感じではやはり迫力は乏しい。むしろ、「冒頭陳述」のそれよりも一歩後退した気味さえ感じられるものであった。

こうした後退が生じたのには一つは三島家遺族の意向ということもあったと思われる。

いまさら死者の思想と文学（それは生活のことも含んでくるであろう）を審議されることは無用の苦痛をうけるだけであるし、しかもそのことを主張するものが明白に「右翼」陣営である以上、それは逆に三島の思想・文学に対する誤解をひきおこしかねないという懸念もあったはずと思われる。

しかし、そのこととは別に、もっと大きな要因があったのではないかと私は想像する。それは、広い意味でのこの事件の反響ということである。事件から一年以上経過した段階で見て、裁判関係者は多分ある暗黙の了解に到達したのではないか。この裁判において三島の思想——具体的には「檄文」の内容について正面からの審議を行なう必要はない。なぜなら、彼らがすべて共通に恐れていた事件の衝撃は、徐々にいま恐れる必要のない形に拡散しつつあるから——たとえば一年後の三島追悼の「憂国忌」に発起人として名前をつらねた二百数十名という文化人の数を見よ。そしてそれを一年前の文化人のものにおびえたような態度と比較せよ。事件の衝撃がまさに三島のいう「塵埃焼却炉」のなかで盛大に灰燼と化しつつあることがわかるではないか。かつての五・一五事件、神兵隊事件、二・二六事件当時の法廷内外のあの緊迫した国民感情とは比べものにならない。——これは私の気ままな空想にすぎないが、裁判判決が時代のもっとも奥底を流れるものをかなり正確に映していることは、過去の事例から見てもまちがいない。私のこうした部分的には失礼な空想をもととしていえば、この判決はきわめて当然のものとして多数の良識者によってうけいれられるはずであり、事実、私の見聞した限り、多くの人々はこれを妥当なものと解しているようだ。つまり危機感はとおのいたのである。

それはちょうど明治終焉の年における乃木希典の自刃の場合とどこか似ている。はじめ政府の側は深刻な衝撃をうけ、狼狽・恐怖の感じをさえもった。しかしそれが現実に自分たちの地位を脅かす性質のものでないことがわかると、安心して乃木を「軍神」という不思議な封印のなかに封じこめるとともに、民衆の側には自由な乃木崇拝を容認した。同じように感傷的な三島崇拝がひろがればひろがるほど、安心してこの裁判の決着をつけることは容易になるというわけである。

このような私の空想にはもう一つの側面がある。それは一般に「右翼」のこの事件に対する反応である。これも私は具体的なことはわからないので、ただ感じでいうのだが、三島の死を契機として、なんらかの民族派勢力が結集したというようには思えない。「楯の会」は三島自身によって解散させられているが、それ以外の正統ないし俗流の右翼も、果して三島を真に自分たちの同志とみなしているかどうか、私には疑わしい。三島の思想のなかにはどうしても従来の右翼とはことなる発想があると私は思うし、三島自身かなりハッキリそのことを述べている。

「楯の会」の結成そのものが三島の創造であって、既成勢力との断絶を逆に主張したものといえる。そういう三島の存在がどれだけ民族派の理念のなかにくみこめるだろうか。たとえば相沢中佐の事件の場合には、その背後に皇道派青年将校の結集した力があった。それを無視することは到底許されなかった。しかしこんどの場合、右翼勢力が「三島につづけ」とためらいなく叫ぶことができるだろうか。足なみの乱れということもある。それに遠慮する必要はとくになさそうだ——私の空想のなかでは、この裁判という一つの組織体は、じょじょにそのような判断をいだくようになったように見える。

こうして、裁判長があれほど関心をよせたかに見えた三島の陽明学思想についてさえ、判決ではわずかに「知と行とは本来一つのもので分けることができないものであり、人に一念の動いたときはすなわちそれは行なったことであるという知行合一説を、認識したことは実行すべきことをいうと解し、云々」という記述によっていいなしたにすぎない。これもまた竜頭蛇尾であった。

＊

判決についての私の感想はせいぜいそんなところで、それ以上あまり関心がないことは前に述べたとおりである。ただ、判決の末尾のところにある一寸した一節が私をひきつけるので、そのことをめぐって、少しのべておきたい。しかし、それはもはや判決への感想ではなく、この三島事件そのものについての考察のいと口となるはずのものである。

「……本件は帰するところ、三島の主導の下に行なわれ、被告人らは追随者と見られるので、主文程度の刑をもって処断するのが相当である。」

私がひっかかりを感じるのは、ここで「主導」と「追随」という言葉が用いられている点である。この用語は、すでに「論告（要旨）」においても、「三島が主導的立場に立ち……三名はこれに協力する程度であった」という形であらわれており、弁護人側冒頭陳述でも、「本件は三島の立案・準備・計画によるものであり、被告人ら及び森田はいずれも自らの意見に基づいて参加したものではあるが、三島を全面的に信倚していた結果であることは前記の通りであるから云々」というふうに用いられている。一見なんの奇もない表現であるが、私の気になるのは、この主導と追随ということの内容は果してどういうものかという点である。三島と森田の場合とこの三人の場合とはややことなっているが、場合によっては四人すべてが三島に殉じたという可能性もあったのだから、本質的には同じ関係と考えてもよいだろう。また、もっとひろく「楯の会」そのものの中心的性格は何かということも関連して出てくる。そしてその場合、この追随者たちの組織の本体が私には必ずしも明瞭な姿で浮んではこないのである。いわば、謎の集団に見える。

この集団はなんらかのカリスマにひきよせられた小さなセクト的集団という印象をまず与える。あるいは、戦国時代に見られた主人と従士の関係に類推されるようにも思われる。さらに形の上から見ると、革命的な秘密結社のように、一定のイデオロギーのもとに結集したもののようでもある。たとえば西田税が結成を試みて成功しなかった天剣党のようなのもその例である。とにかく、そうした既知の集団のイメージが比較の上で浮んでくるのだが、実は私のいいたいことは、「楯の会」もいわゆる「主導者」と「追随者」なるものも、右に述べた諸類型のどれにも適合しないという不思議な思いがするということである。いいいいかえるに、三島とこれらの若者たちを結びつけたものは何であったかということである。

もちろんその答えは三島思想への共感であり、三島との一心同体感であるとすれば簡単である。しかしそれならば、三島と青年たちとの関係は、たとえば北一輝と青年将校とのそれと同じであるか、もしくは井上日召と小沼正その他の青年たちと同じであるか、または吉田松陰と村塾の人々の場合と同じであるかといえば、私は多くの人々が首をかしげるのではないかと思う。何といってもその目に見える最大のちがいは、三島がこのミニ軍隊を自分の金で賄っていたということであろう。もちろん北も井上も、なんらかの形で経済的な配慮をその追随者たちに対し払わなかったわけではない。むしろカリスマとその追随者の関係は、経済関係をこえていたからこそ、そのカリスマに寄生することもまたごく自然に行なわれたものといえよう。しかし、いわば月々に維持費を支払われるカリスマ集団というのは、それ自体矛盾にほかならないし、そこにはカリスマ集団に特有のあのイデオロギーや理性的理由を超えた人格的統合——カリスマによって内部から変革せしめられたもの同志のパースナルな統合というものは考えられない。私は三島に対する「楯の会」の青年たちの忠誠を疑うわけではない。ただ、その忠誠と結合力の本質が、少なくとも霊感を基礎とし、「苦悩と法悦」をとおして生じたものとは認めにくいと考えている。

さらに私にわからないなぞを提示するのは、十一月二十五日を期し「楯の会」の解散が命令されていることである。ふつうこうした集団の解散はカリスマ自身の資格喪失か、死の場合にのみおこるはずであるが、予め解散を命じられるというのは不思議である。盗賊カリスマの首領がどたん場にのぞんで手下どもを解散させるというのとはわけがちがうはずである。三島はこの解散のことをどのように意味づけていたのか、私には必ずしもただごととは思えない。

たとえば——と私は思い浮べてみる。三島がもし武士的人間像を追求したものとすれば、同じように近代ドイツにおいて、騎士的人間像を代表したものに、M・ウェーバーがいた。彼もまた人間のおかれている根源的危機の状況に立ちつつ、一切の卑俗な市民主義を超えた人間像を追求した。そこから、あの悪魔との取引をもあえて恐れない巨人的な人格が生れたのだが、彼の考察のあるものに、死の意味の相違を通して市民と戦士集団との対比をのべたものがある。

「……戦争は戦士そのものに対しても、その具体的な意味において、あるユニークな作用を及ぼす。それは戦争に固有な死の神々しい意味の体験ということである。戦場にある戦士の共同体は、かつての従士集団と同じように、死を誓った共同体として、しかもその最大のものとして自ら意識している。そしてこの戦場の死は、普通の人間の宿運以外のなにものでもないような死、すべての人間を訪れる運命として、なぜちょうどその時、その人間におとずれるかが問題にならないような死、とは区別される。……このようなたんなる不可避の死と、戦場における死とは、戦場において、またその大量性という意味では戦場においてのみ、個々人があるもののために死ぬことを信じうるという点において、区別される。」

これは第一次大戦の最中、その体験者であるウェーバーが、国家の運命と戦死の意味について、また戦場死と救済宗教による救いとの間に生じうる一定の対抗・競合の関係について論じた文章の一節であるが、要するにウェーバーがここで指摘したかったことは、日常の死は、ただ生の意味づけを救済宗教によって与えられることによってのみ意味をもつが、戦死においては、すでにその死の意味づけが自明であるがために、生の意味もまた与えられ、従って宗教上の救済は不要となるという倒錯的な問題の存在である。

私がこの一節を思い浮べたのは、三島が「楯の会」において、いわば純粋培養的な戦士集団を作りあげようとしたことに結びついているのはいうまでもない。三島は自分の武士=戦士としての死を追求した。しかしもちろん、この肥大化した素町人の情報化社会の日常の中に、その可能性は与えられていない。いわばそこには日常の曖昧な死——三島はそれを「老醜」というようにとらえたであろう——が普遍的な権威をもって支配しているにすぎない。

三島の中に日常性に対する本能的な恐れと軽蔑の感情が痼疾のように根づいていることは多くいう必要はないと私は思う。彼の文学的作品のあの絢爛とした構築物のみごとさに魅入られたのち、ふとそこに実は何もないのではないかと気づいて、不思議な戦慄を覚えなかった読者は決して少なくはないと私は考えている。ふつう人々はそのことを三島芸術の人工性というふうに言うが、小林秀雄などはそれを次のように語っている（相手は三島自身である）。

「……僕はあれ（『金閣寺』のこと）を読んでね、率直に言うけどね、きみの中で恐るべきものがあるとすれば、きみの才能だね。……つまり、あの人は才能だけだっていうことを言うだろう。何かほかのものがないっていう、そういう才能ね、そういう才能が、きみの様に並はずれてあると、ありすぎると何かヘンな力が現れてくるんだよ。魔的なものかな。きみの才能は非常に過剰でね、一種魔的なものになっているんだよ。僕にはそれが魅力だった。あの凜々として出てくるイメージの発明さ。他に、きみはいらないんでしょう、なんにも。……つまりリアリズムってものを避けてね、実体をどうしようというような事は止めてね。なんでもかんでも、きみの頭から発明しようとしたもんでしょ。……だから、あの中に出てくる人間だって……あの小説でなんにも書けてもいないし、実在感というようなものがちっともない……」

このいかにも実在感にあふれた小林の批評とどこか相通じるものが、サイデンステッカーのいう「思うに三島は本当に書きたいことをいまだに見出しかねているのではなかろうか」（『現代日本作家論』）という端的な言葉であろう。書くべきものがないのに「小説」をかいているという事態は、「実在感」なしにイメージを作りあげるという事態と等価である。それをさらにさきのウェーバーの一節に結びつけていえば、日常性＝生きていることの意味を欠如したままいかにして意味のある死が可能であるかという問題と同じになる。日常性の中に救済者の存在しないことを明かに見ぬいたものにとって、死もまた人為的に作り出されるほかはないが、もしその作り出された死が、あの戦場死と同じように、それ自体として完結した意味をもちうるとするならば、たしかにウェーバーも認めたように、逆に日常の生の意味を明かにする救済者の存在も不要となる。いわば生の実在感の欠如は、そこにおいて一挙に不滅の実在へと転化しうる。

私が「楯の会」の結成原理に何か異様なもの、それこそ実体のなさというべきものを感じとったことは、これで少しは説明がつくかもしれない。三島にとって必要な究極のものは戦場死と等価の状況であり、そのためには手続き上何よりも「死を誓った共同体(Gemeinschaft bis zum Tode)」が必要であった。それが現実に急進的左翼の暴徒と戦闘することは必ずしも必要ではなかった。一つの戦士集団が存在しさえすれば、形式上何人もその行動最中の死を戦場死として否定することはできない。「楯の会」は手続上どうしても必要であった。しかしその擬制された戦場死が達成されたのちは、いわばその既判力によって、すべては問われなくなる。戦士集団が解散されようとも、もはや事情は確定したものとなる。

要するに私のいいたかったことは、「楯の会」において本当に戦場の戦友愛というべきものがあったろうかという疑問である。私はそれを疑っているわけだが、もしそれが当っているとすれば、この擬似的戦士集団が存在した意味は、前述のように、三島の武人としての死を成立させるための形式的手続の一つとしか考えようがない。判決文の中の「主導と追随」というかにも曖昧な言葉にひっかかって、私は以上のようなことを考えてみたわけである。

＊

私はこの小論のはじめの方に、三島事件そのものと、この裁判と、そしてそれらの経過を恐らく見とおしていたであろう三島自身との三者の間にあるちぐはぐさの中に、ことがらの本質があるのではないかという感じをのべておいた。何かすべてが相互にはぐらかし合っているという奇妙な印象があるのだが、私はそのことを三島の「法律と文学」という短いエッセイを手がかりとして考えてみたい。このエッセイの中に次のような一節がある。

「半ばは私の性格により、半ばは戦争中から戦後にかけての、論理が無効になったような、あらゆる論理がくつがえされたような時代の影響によって、私の興味を惹くものは、それとは全く逆の、独立した純粋な抽象的構造、それに内在する論理によってのみ動く抽象的構造であった。当時の私にとって、刑事訴訟法とはそういうものであり、かつそれが民事訴訟法などとはちがって、人間性の〈悪〉に直接つながる学問であることも魅力の一つであったろう。しかも、その悪は、決してなまなましい具体性を以て表にあらわれることがなく、一般化、抽象化の過程を必ずとおって、呈示されているのみならず、刑事訴訟法はさらにその追求の手続法なのであるから、現実の悪とは、二重に隔てられているわけである。……〈悪〉というようなドロドロした、原始的な不定形な不気味なものと、訴訟法の整然たる冷たい論理構成との、あまりに際立ったコントラストが、私を魅してやまなかった。」

三島の作品の読者なら、これが三島の創作方法にどこか似かよっていることに気づくはずだが、事実それにつづけて「私の携る小説や戯曲の制作上、その技術的な側面で、刑事訴訟法は好個のお手本であるように思われた。何故なら、刑訴における〈証拠〉を、小説や戯曲における〈主題〉におきかえさえすれば、極言すれば、あとは技術的に全く同一であるべきだと思われた……小説も戯曲も、仮借なき論理の一本槍で、不可見の主題を追求し、ついにその主題を把握したところで完結すべきだと考えられた」と三島は記している。

三島のこうした刑訴的創作方法論（？）ともいうべきものについて、明快に説明するとともに、彼の生き方そのものについてもある解明を与えてくれると思われるのは、三島が刑訴を学んだという当の東大教授団藤重光の次のような一文であろう。

「……わたくしは、カントの〈物じたい〉の世界を思わせるような、訴訟から超絶した〈訴訟の対象〉をはじめから前提としてかかる訴訟法理論を拒否して、〈あたえられたもの〉ではなく〈課せられたもの〉として実体形成を考える立場を提唱したのであった。

……かれが刑法に関心を示さないで、もっぱら刑事訴訟法に惹かれたのは、根が深いし、そこに宿命的なものが感じられる。かれが実体的なるものを追求する性格であったならば、政治の問題、社会の問題にもっと本格的に取り組んで、それを自分の文章の中へ組み入れて行ったであろう。……かれのばあいには、美の創造の世界こそが絶対であり、政治や社会の問題さえもが美の創造に奉仕する役割りをあたえられていたにすぎない……」(日本法律家協会会報『窓』一九七一・六)。

こうしてこの文章は、やや沈痛なユーモアをこめて次のように結ばれている。

「……三島事件の社会的・政治的副作用には警戒を要するものがあることを、わたくしじしん否定しないにもかかわらず、三島由紀夫の自決は、やはりかれの芸術の到達点であったし、それ以上でも以下でも以外でもなかったと考える。……〈小説も戯曲も、仮借なき論理の一本槍で、不可見の主題を追求し、ついにその主題を把握したところで完結すべきだ〉という宿論を、芸術家としての自分の生涯にそのまま実現したのである。三島由紀夫はかようにして〈三島由紀夫〉を完成した。最後まで〈刑事訴訟法的方法論〉をもってあたかも〈既判力〉に到達したかのごとくに。〈既判力〉において訴訟法的意味における手続面と実体面との合一はあるが、それはどこまでも訴訟法の世界であって実体法の世界ではない。〈三島由紀夫〉はあくまでも三島由紀夫の作品であったの

2024
9

中公文庫　新刊案内

星を掬《すく》う

町田そのこ

Sonoko Machida

解説
夏目浩光

千鶴が元夫から逃げるために向かった
「さざめきハイツ」には、自分を捨てた母・聖子がいた――。
すれ違う母と娘の感動長篇。

●836円

文学の空気のあるところ

荒川洋治

豊かな陰影をもつ作家と作品、印刷や造本のこと、詩歌との出会い。現代詩作家が柔らかなことばで古今東西の文学の魅力を語り、新たな読書へ誘う九つの話。

●990円

中央線随筆傑作選

南陀楼綾繁 編

文庫オリジナル

御茶ノ水、四ツ谷、新宿、高円寺、阿佐ケ谷、荻窪、三鷹、国立……。中央線の路線・駅を舞台に選びぬかれた四二編。車窓から人生の断面が浮かび上がる。

●990円

子どもと文学 増補新版

石井桃子／いぬいとみこ／鈴木晋一／瀬田貞二／松居直／渡辺茂男

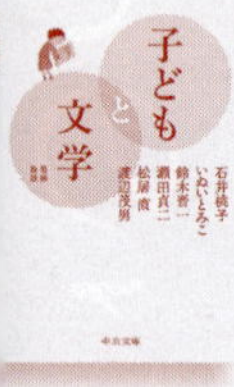

子どもの本に真に大事なものは何か。戦後日本の児童文学をリードした著者たちが、その草創期に従来の作品を読み解いた児童文学論の古典。〈解説〉斎藤惇夫

●1100円

江戸川乱歩座談

江戸川乱歩

文庫オリジナル

森下雨村から花森安治まで、探偵小説の魅力を共に語り尽くす。江戸川乱歩の参加した主要な座談・対談を初集成。生誕百三十年記念刊行。〈解説〉小松史生子

●1430円

三島由紀夫

橋川文三

昭和・光と影　中公文庫

三島由紀夫の精神史の究明を通してその文学と生涯の意味を問う。「文化防衛論」批判ほか『日本浪曼派批判序説』の著者による三島全論考。〈解説〉佐伯裕子

●1100円

ある昭和史
自分史の試み

色川大吉

昭和・光と影　中公文庫

十五年戦争を主軸に個人史とともに昭和の五十年を描く。「自分史」を提唱した先駆的な著作に「昭和の終焉」を増補。毎日出版文化賞受賞。〈解説〉成田龍一

●1430円

第三帝国の愛人
ヒトラーと対峙したアメリカ大使一家

エリック・ラーソン／佐久間みかよ 訳

一九三〇年代、駐独米国大使として赴任した一家は何を目撃したか。狂気と陰謀で変貌するドイツを描くノンフィクション。出口治明氏推薦。〈解説〉辻田真佐憲

●1980円

まんぷく旅籠 朝日屋
もちもち蒸しあわびの祝い膳
高田在子

おふさの祖父が、抜け荷の嫌疑がかかる唐物屋の隠居を朝日屋に連れてきた。怜治の元同僚・詩門の兄が抜け荷に関わっているかもしれず……。

●792円

天祐は信長にあり（一）
覇王誕生
岩室忍

『剣神』岩室忍が一番書きたかった織田信長の生涯――尾張に生まれた少年は類い希なる軍略の才を花開かせ、

●880円

だ。これを貫徹したところに三島芸術の偉大さと限界がある。」

ここで「実体法の世界」とよばれているものは、どこか小林秀雄のいう「実在感」と関連した概念である。「既判力」とよばれるものは、彼の自決を含む行動が再び法廷で裁かれることのない「実在」として確定されたことを意味するともいえようか。しかし、たんに一事不再理の条件をみたしたということだけからは、明かに「実体法」上の確定は出てこない。つまり三島が国家のために戦って斃れたという確認は、これまでの「手続」だけからは与えられない。三島の死は、なお当分きわめて孤独な立場におかれるほかはないであろう。にもかかわらず「三島裁判」は進行し、ひとまず結論が出された。これが幾重にもアイロニカルな事態であることもかわっていない。

Ⅵ　対談

三島由紀夫の死

松岡英夫
橋川文三

合理性と錯乱の間に

松岡　こんどの三島由紀夫の異常な事件につきまして、多くの人が判断に苦しんでおり、後世に大きな研究課題を残しました。さしあたりの現在、彼の最後の作品『天人五衰』に何かのカギがあるかもしれませんが、事件から少し日のたったところで、あの異常事を全体としてどう考えられますか。

橋川　非常にむずかしいですね。例の乃木（希典）さんが殉死したときに、森鷗外が御大葬の式場からの帰りにあのニュースを聞くわけです。そのときの感想と同じなんですね。「まさか……いや、あるいは」という感想が森鷗外の頭の中にうずまいた。私の場合も「まさか」という感じは強かったですね。何かの間違いじゃないかという気持と、しかし三島ならそういうことがあっても一貫性はあるな、という感じと両方でした。

そういう三島らしい死に方、という予感は、少しさかのぼってみますと、実はもうかなり前から私にはあるんです。彼の作品などをいろいろ読んでいきますと、何かひたすらに異常な死の方向を凝視しているような姿勢が感じられて、そのことを何度か書いたこともあります。もう三島はそこへ来ている。ぎりぎりのその道を彼はどこへ行くんだろうか。あのままで行くと、何らかの形での自殺か、どういう形かは別としても一種の異様な決断ですね、そういうところに行くんじゃなかろうかという感じ。しかも彼自身非常にハッキリそれを予感していて彼の内部で自分の生き方というものが正確なのかどうかについて、随分長い時間をかけて緻密に考え抜いておったんじゃないかという感じがしますね。

もう一つの感想は、戦争中の三島という文学的な天才少年の思い出、戦争中に彼の名前はわれわれの仲間には知られていた。戦前すでに彼は文名を持っていた。あの時期から三十年後にこういう死に方をしたということに何ともいえない一種の残酷な一貫性ですね、それを感じてしようがないんですよ。

松岡　事件が非常に異常で、はじめこれを聞いた人がだれも信じられなかった。あとで考えてみれば、跡付けるようなものがいろいろ思い合わされてくるけれども、あの報道を聞いた瞬間は、だれも信じられなかった。これは三島由紀夫の名前をかたっただれかがやったのではなかろうかと思った人さえあったくらいで、あまり異常すぎて信じられなかったというのが一般的な感想だったと思うんです。

同じ陽明学で、天保の大塩平八郎の乱、あのときも大塩平八郎が準備をすっかり整えていよいよ蹶起という二日前に、裏切りがあって奉行に密告されています。しかし奉行は、そんなバカなことはありえないということで、大塩を逮捕しなかった。それくらい、あの当時、大塩平八郎の蹶起というのは異常な、信じられないことだった。

社会情勢は別にして、個人における意外性については非常によく似ているということを思い出します。ただ三島の場合、戦争中に十代を終わっている。もっとも感じやすい年代で、その感じたことがのちのちまで自分の精神形成の中に残るような、そういう年代、しかもああいう鋭敏な感覚を持った頭のいい男だけに、戦争中に受けた精神構成なり思想構成というものが根強く残っていたんではなかろうか。やはり戦争の落とし子という面があるんではないかということを思うんですが。

橋川　一番わかりやすくあの死に方を理解する方法としては、戦争中の少年期の体験というものにさかのぼって説明することで、それが確かに一番筋は通しやすいですね。ロマンチックな一種の自己陶酔と、非常に冴えた理知的な判断力とは彼の場合、少年いらいのものです。彼自身、当時のいわゆる日本浪曼派というナショナリスチックな文学運動の一翼に連なっていたのですけれども、その中に巻込まれながら、しかし同時に、非常に鋭く浪曼的な陶酔というものを批判する両方の要素を彼は持っているわけです。しかし、彼の場合には、戦争状態が続いているという中で、はじめて浪曼的な錯乱と彼の理知とが好運なバランスを保っていたので、戦争という圧力がなくなると、こんどは、彼の冴えた理知と、浪曼的な錯乱、陶酔というものが統一の基盤を失っていきます。そのために彼の戦後のスタートは非常に苦しいものだったと思います。

仮面の世界の構築

橋川　三島は『仮面の告白』などを書く前に、もう自分は生きている意味はないんじゃないかという思いつめ方をしていますね。戦後を生きるということは「裏返しの自殺だ」ということも言っていますね。その過程で彼一流の美学が形成されるわけです。その美学というのは結局、仮面の生き方です。つまり戦争という状態も平和という現実も、いずれも根本的な意味がはっきりしない。戦争が本当の現実なのかそれとも平和というのがこれが本物なのか、その判断がいずれも彼にはできない。できないから、やれる作業としては、いわゆる仮面による世界構築といいますか、仮面によって――つまり戦争も平和も信じられない、彼の言葉で言えば、世界が断片化して意味を失ってしまう。そういう状況の下で、その断片を拾い集めて架空の自分の世界を作っていく以外に自分の生きていく方法はない。そういうところから『仮面の告白』という奇妙な傑作ができ上がったわけです。

二十年間、そういう姿勢で彼は耐えようとしたんですね。ところが、この四、五年来、彼の文章の中に変な変化が出てきた。それはあのように澄み切っていた禁欲的な表現ではなくて、論理的にも合わないし、合理的でもないと思われるような考え方が方々に氾濫してくる。エッセイなんかに非常にそういう傾向が強くなってくる。四十三年に「文化防衛論」が出たとき、私もそう思ったし、私の友だちで文学をやっている人も「どうもこの文章はおかしい。三島の文章と違っているような感じ」というので、実は『中央公論』の編集部に「これはあなたの方で大急ぎで書いてもらったんじゃないか」と聞いたら「いや、そんなことはない。向こうから書いて持ってこられたものだ」という。その論理の濁りというのは三島らしくない。彼の天皇論あるいは日本文化論というのも、こんなはずはないんだがな、という印象をそのころ受けたわけです。

それから、この数年たくさん出た彼の対談集というようなものがありますね。あの対談集の中にも、何か彼があいまいな戦後を生きるためには仮面の論理によって押し通すより仕方がないとしてきたその方針が、もう行き詰まったというような感じが出ている。もう黙ってはいられない、もう仮面の操作によっては生きていけないという意識が強くなってきた。それが、私なんか見ていますと、ハラハラするようなきわどい線を歩み出しているわけです。

かろうじて、論理性といいますか、知的な世界把握があるんで保たれているんだけれども、これは非常にもろいものだ、いつくずれるかわからないという、そういうところに来ている。彼自身もそれを痛感している。だから彼が、戦後日本はダメなんだ、戦後の天皇制はまずい、現代の自衛隊はダメなんだというのも社会評論、政治評論という意味じゃなしに、彼自身の内部に崩壊が始まっているという危機感として、はたから見てもよくわかるようでした。

松岡　三島由紀夫と家庭的に親しくしている人の話を聞いたんですが、三島というのは非常に合理的な人間のようでいて、どっかに非常なもろさを持っている感じだという。そして、そのもろさによって、いつかとんでもないくずれ方をするんじゃなかろうかという予感を抱かせたということを言っていました。

橋川　そうですね。私なんかが三島に関心を持ったのは、彼の文学に無条件に魅力を感じたというんじゃないんですね。非常にすぐれた文学作品であるようで、何か根底にいわく言い難いもろさがある。この、人工的に見事に構築された作品が私の内部にナマの人間の感動を呼び起こさないのはなぜか。何か、感動の構造というか、そういうものが違うんですよ。

中村光夫さんが三島の初期作品に、マイナス百二十点の評点をつけたのは有名ですね。あれはマイナスの方向に人間を魅惑する感動なんですね。古今の大文学が与えるような感動ではなくて、これは何か本物かニセ物かわからない、そういう危険な場所から生まれた一種の刺激的な文学だという。それ以来、あの不思議な負の感動を含んだ彼の文学というのはなんだろうと私はいつも思っていました。私は、その点は、芸術的には彼の作品を買わない。買わないけれども、戦後の青年の精神史を語るものとして、こんな刺激的な作品は少ないという意味のことを公然と書いたりしました。思い出すのは、三島はそういうのを喜んだのでしょうか、自選集の解説を書いてくれと、出版社を通じて依頼があったんです。

神風連の心

橋川　私は三島の作品は買わない、むしろ戦後精神史の一つの資料であるという評価をしているのに、それでいいんだということで、自選作品集の解説を書いてくれと三島から言ってきたという、そういうことからみても、三島という人の精神というのは、仮にあれを病的というのか健康というのか……、どちらの言葉もあてはまらないような、そういう資質を持っていると言えるんじゃないかと思うんですがね。

松岡　さっきのお話の中で、合理性と、そうでないロマンチックなもののバランスが戦後くずれてきたということなんですが、そのくずれていくときに、彼がのめり込んでいったのが、日本精神というか、日本的伝統の方なんですね。そっちへ急角度にのめり込んでいった。

彼の作品の中で、五・一五、二・二六の青年将校のことなんかを書いておりますけれども、むしろそれよりももっと古く、たとえば神風連の行動なり精神構造なんか今度の事件と非常に相通ずるところがあると言えるように思うんですね。

橋川　神風連というのは、あまりまともに取上げられないもんですから、神風連と三島の関連を究明するのもとっぴな感じがするんですけれども、実は三島の精神的な出発点であった日本浪曼派、あの日本浪曼派の美学というのは――これは保田与重郎が自分でも言っておりますけれども、神風連の美学なんですね。「われわれの美学は一つの動乱期、過渡期の美学である。その過渡期の美学の源流は神風連にある」。天皇―皇室によって温存された伝統美学と新しい維新後の美意識ですか、それとの葛藤期、混乱期をああいう形で表現してみせたのが神風連だというわけなんです。

簡単にそういうふうに言えるとすれば、三島の今度の事件も、つまり、戦後四半世紀の日本人の意識なり美意識なりの大きな変化——それはさまざまな目に見える形でこの管理社会のマス文化の中で、氾濫しているわけですね。そういうものに対抗する唯一の原理として、そういうものに対する否定として、彼が伝統を求めていく場合に、神風連あたりは当然念頭に浮かんでくるだろうとは思うんですよ。

しかし彼は、神風連的なものとか、あるいはその影響下にあった日本浪曼派的なものとか——日本浪曼派というのは、簡単に言えば一種の錯乱の美学ですよね。つまり、状況が混沌としているからこそ、その状況の中に身を沈めるという以外に生き方はない、だから、みずからどのように錯乱しようと、それはいわば自己の責任ではなくて、まさに状況そのものの真相を映すんだ。その状況の中に埋没するというか、徹底的に一体化していくということが必要なんだという、そういう日本浪曼派の影響を、彼は戦争中に一度は切捨てています。むしろ日本浪曼派という、ああいう非合理的な美学に対して、彼は古典主義的な立場、特に森鷗外なんかの影響を受けながら、対抗する形で浪曼派の影響は一度抜けていると思うんです。抜ける時期と、それから戦争が終わる時期と、そして平和という新しい状況が始まる時期とが重なっているんですね。

そこで彼は、さっき言ったように、仮面の美学というか、そういうものを設定することによって、いままでのすべての錯乱を切捨てようとしたんだと思うんです。それが二十年後に、やはりそれでも切捨てることができなかったということを、彼自身が身をもって証明してみせたということだと思うんですがね。

松岡　神風連の人たちの心理的な構成といいますか、心の作り方というものが、最近三島の言っていたこと、書いていたことにかなり似ていることを感ずるんです。神風連の指導者の、たしか太田黒伴雄の歌と思いますが、「夜は寒くなりまさるなり唐衣　うつに心のいそがるるかな」というのがあります。「夜は寒くなる」つまり伝統美否定の明治の欧化思想、政治というものが進行している。まさに寒心にたえない。だから「唐衣」のおっている世を「うつに心が急ぐ」という、その焦燥感がこの歌に出ています。三島由紀夫の檄文を読むと、やはり〝からごろも〟の憲法と自衛隊に怒りの焦点を合わせている。そして檄文全体に焦燥感があふれています。その心理構成に妙に接近したものがあるように思えます。それは、いまあなたの言われたように、日本浪曼派の錯乱への回帰ということで説明のつくことなのかどうか。

少年期への郷愁

松岡　三島由紀夫をひきつけた日本的精神の伝統というものに陽明学があるようです。日本人の思想の中における陽明学というものをひとつ考えないと、三島の精神構造が理解できないといえるようですね。

橋川　日本での陽明学というものが、いわゆる陽明学の真髄をそのまま伝えているものなのか、あるいは日本の特殊な伝統とか風土とかそういうものの影響で、ある特徴を極端に表現したものなんじゃないかという疑問も私にはあるんですが、少なくとも幕末、維新期にかけて陽明学は多くの反逆者たちの行動原理になっている場合が非常に多い。これは朱子学の持っている一種の官僚的な安定性、あるいはそのスタテックなものにはあきたらない、体制全体をその一点で突破するという考え方を陽明学からくみ取ったんだろうということはわかるんです。

三島の場合に、陽明学というのがなにか彼の最後の決断にある刺激を与えたかもしれぬけれども、しかし、彼自身にはもう少しいくつもの要素がそれに加わっている。たとえば、神風連の思想は陽明学とは言えないわけですね、国学系統です。それから彼は青年将校のことを書いている。青年将校の持っているものは、簡単に言ったら国学系統の、一種の天皇論というのが軸になっているでしょう。そういう系統を異にしたさまざまな要素があるから、彼の行動が、見方によっていろいろに見えるわけですね。何かのきっかけをつかんで、自分のいわく言い難い、表現したいことを実際に行動に移す際に、いろんなものを彼は手さぐりしたということじゃないかと思うんですがね。陽明学一本の原理からあの行動が生まれたとは説明し切れないし、神風連で説明し切るわけにもいかない。

松岡　『葉隠』なんかも好きだったようですね。ああいう日本的ないろんな精神を構成しておる文章とか言葉というのは、それに魅力を感じたら本当にキリがないようなものを持っているように思うんですよ。そういうものにのめり込んでいったら、がんじがらめになって抜け出せないといったような、魅力的な言葉や思想がいっぱいある。三島由紀夫の場合は前から、さっきおっしゃったバランスのくずれの救いを、そういった日本的な言葉、あるいは言葉の背後にある精神というものに見出していったのでしょうか。そして、そっちの方になだれ込んでいったのか……。

橋川　もしそうだとすれば、完全に少年期への精神的な祖先帰りといいますか、精神的に少年期の純粋な環境というものに、フッと帰っていった。彼自身、自分の内部のそういう衝動が非常に強いと言ってますね。その衝動を「郷愁」と言っています。

過去への、自分の少年期あるいは戦争期への郷愁が非常に強くなっていくのを、自分の内部にそれを見守りながら、この郷愁はどこへ自分を連れていくんだろうかと、自分で非常にはっきりと自分の心の動きを見守りながら、それにひかれて行っている。明らかに自分の精神状態がどこへ来ているかということをよく知っているんですね。とにかく、がむしゃらにそういう方向に帰って行きたいという衝動が、どうしようもなく強く自分の中にうずまき始めている。これは何事かと自分で思うほどだ、というようなことをしばしば書いていますね。

そういうふうにとれば、非常に簡単に、戦争時代の日本人のある純粋な生き方というものに帰って行こう、その後の二十数年間のいろんな努力は、すべてイリュージョンであったというような認識がそれに伴ってきて、どう考えてもこれ以外に行動の選択の余地はないというふうになってきたんだと思うんです。

しかし、それだけではどうしても困るのは、彼のあの鋭い認識力ですね。文化の動き、社会の動きを見る認識力と、自分自身の精神の動きを内省的に見るあの認識力、いずれも抜群のものがある。それと〝郷愁〟というわけのわからん衝動ですね。それをどう統一的にとらえるかということで、彼は挫折しているわけじゃないかと思うんです。つまり、何も三島のような行動を取らなくても、デモーニッシュな郷愁を抱きながら、しかも生きていくという人物だって私はありうると思うんですがね。『葉隠』の山本常朝なんかもそうじゃないか、彼は長生きしていますね。そういう可能性もあるわけです。三島の場合はなぜそれができなかったか。そこにさっきも出ました、はかないようなもろさというものが三島にあるんじゃないか。

〝小事件〟という意味

橋川　私は川端康成さんのところに何か行っているんじゃないかという気がするんですがね。川端さんあたりは、三島のそういうものを非常に早く知っていたんじゃないかと思いますよ。川端さんが三島を文壇に紹介するときの文句が、いまになって思うと非常に印象ぶかい。やはり非常な不安感をもって三島を文壇に紹介しているんじゃないかと思います。三島が登場したころ、彼の文学というのは人工性というものを持ちすぎているという批判がいろいろあったわけです。それに対して川端さんは「このもろそうな造花は、生花のずいを編み合わしたような生々しさもある」と言うんです。これはしかし保留の意味なんですね。これは見事な造花であるとは言い切っていない。これは本当の生々しい生命の表現であるとも言っていないですね。何か非常にきわどいところを進んでいく文学者であるということを、そういう表現で言ったんだろうと思うんです。

私もたえず、三島の文学に対してそういうものを感じていましたね。そうなると、神風連で説明しようと、吉田松陰や陽明学で説明しようと、それと別に三島自身の資質というものが問題になるんじゃないか。

松岡 いまの、外部社会ならびに自分自身の精神的な状態に対する認識、それを三島はちゃんと持っておった人なんだという証拠は、『サンデー毎日』の徳岡（孝夫）記者に渡した「現場証人になってくれ」という手紙の中に「この事件はどのみち、小事件にすぎません」とはっきり言っていることです。自分のやった事件というのは、どう見ようが小さな事件なんだということを承知している。

橋川 その〝小事件〟という言葉の持つ意味をどうとるかという問題はありますね。たとえばこういうふうにも考えられますね。三島は自分の人生と自分の芸術というものがそもそも根源的に美の世界に属するものであって、自分がその作品の中でどんなに大騒ぎしようとも、これは政治の世界とはかかわり合いがない、自分の全活動は結局、政治に対しては何事も影響を与えることはできない。そういうかなりはっきりした意識はあったんじゃないかと思う。

つまり、極端に言えば、彼のタイプは、自分の持っている美の理念に従って世界が構成される、自分の持っている美の原理に従って政治が運営される、そういうことを一つの夢想として持っていたんじゃないか。非常な美的ナルシシズムですね。自分の美の原理に従わないような世界、そういう現実は認められない。たとえば、彼の中にある天皇という観念。この天皇という観念によって日本社会が構成されることが、もっとも望ましい美的状態である。しかし現実はそうではない。だから、現実を拒否せざるを得ないわけですね。その方法として、彼としては作品活動以外にはない。

だから、彼が楯の会を作り、政治的な発言をしようとも、それは彼の知らない世界――彼は政治という世界をやはり知らないと思うんです。彼の知らない世界には何らの影響も与えないという意識はやはりあったと思うんです。だから、自分の引き起こした事柄は政治の世界には直接に影響は与えないけれども……どうもそこのところがうまく言えないが、少年時代の彼自身のナルシシズムを描いた言葉の中に、自分は一種の天才である。何ものにも変化できる。まさに帝王になることもできるし、大将軍になることもできる。文学的天才になることもできる。それから美の特攻隊になることもできる。無限の可能性を持っている。それにもかかわらず、自分は結局何ものにもなれないんじゃないか。現実の世界、言いかえれば政治の世界で自分が何事かを達成するということは不可能なんじゃないだろうか。自分というのは、その意味で人まじわりのできない存在だ……という意味のことをしきりに書いていますね。

今度の場合も、その少年期に抱かれた「自分は現実の世界から切れているんだ、自分はそれには無能力なんだ、人間として異形の存在なんだ」という一種の脅迫観念といいますか、そういう観念が今度のような行動の中にもやはりよみがえっていると思うんです。だから「自分のやることは大したことじゃないんだ。要するに自分は不可能を目ざして行動したにすぎないんだ。だから、これは小事件というよりも、むしろ自分は何事もしでかさないことになる」――そういう意識として説明すればできるような気もしますね。

土着の思想

松岡　天皇の話が出ましたが、三島由紀夫がここ数年来とくに天皇というものに傾斜していき、天皇による政治のあり方という一つの理想的な形態を考えていた。これは橋川さんは、彼の美的な世界というものに、それが一致するからだということなんですが、これは一般論になりますが、日本民族と天皇との結びつきといいますか、日本民族の中に天皇があるということは動かしようのない現実であり、宿命であり運命ですね。

三島事件が起きたときに、いろんな人が、また今後これに刺激されて変な行動に出るものがあることを恐れるといい、それが一番一般的な反響だったんですけれども、私は三島事件のあるなしにかかわらず、天皇と日本民族の結びつき、それによる何らかの行動というのは、日本人の土着の思想だと思うんですね。だから抜き難いものだ。結果において、今後、三島事件に刺激されてということで何かのことがあるかもしれないけれども、それがなくたって、日本民族には何らかの形でそういうことが起る可能性を内包していると思うのです。そういう精神風土です。

橋川　この問題は、解決がつかないようなところがありましてね。つまり、天皇への絶対的な帰依が強まる時期というのは、いつもそうなんですけれども、逆の衝動が国民をとらえているときです。簡単に言えば、デモクラシーの要求が非常に高まってくるそういう時期に、天皇の意味が問題になってくる。ある危機段階において、たえず天皇が問題になってくる。そして、そのつど、天皇の意味が読みかえられていく。変幻自在なんですよ。天皇というシンボルにどういう意味を託するかということは、明治、大正、昭和、戦前、戦後と考えて、いつでも変わっているわけなんですね。一番はっきりした例が二・二六事件の青年将校たちの天皇観、これは明治時代のあの安定期の天皇観とはかなり様相が違っております。

明治時代においては、天皇は安定のシンボルだった。ところが二・二六の段階になりますと、天皇はむしろ体制を変革する、体制破壊の神話的原理として読みかえられています。変革のシンボルになってしまうわけです。社会の変革が激しくなって、日本人の生き方に一種の大きな断絶が起ころうとするときに、天皇の意味はもういっぺん読み直される。それがくり返されているということは言えると思います。

じゃ、なぜ天皇でなければいけないんだということになるんですけれども、天皇というものを抜きにして日本人が大きな変革期に自分たちの新しい生き方を考えるということがなぜできなかったか、これは非常にわからないんです。わからないですけれども、歴史的に言うと、必ず天皇を軸として新しい構想が生まれてきている。これは土着として、宿命的な問題だと言ってしまえばそれまでなんですけれども、そこのところはどうもうまく言えないなあ。

松岡　二・二六事件の青年将校の生き残りの末松太平氏が私に言ったことですが「自分たちは天皇を擁しての革命ということで二・二六事件を起こした。しかしその結果は、全く皮肉にも、天皇を擁しての革命というものに終止符を打ってしまった」と、にが笑いしていました。革命を天皇に結びつけるということがあるかどうか別にしても、天皇と日本民族の結びつきは、民族の運命なんだというふうに考えています。

橋川　末松さんのその言葉は、今度の事件のあとの感想ですか。

松岡　いや、前のことです。今年の二月に末松さんと対談したときに、あとでそんなことを言っていました。

橋川　私は末松さんが今度の事件をどう思っておられるか聞いてみたいんですがね。末松さんの場合、これはよく言われることでしょうけれども、農民層を中心とした大衆というものを念頭に置いています。それと天皇との結びつきということが一つの原理になっているわけです。今度の三島の場合に、そこがよくわからない。そういう結びつき、背景の組織というものはなくて、彼自身の単独の、孤独な美学の実現みたいなところがありますね。それで、影響がどうこうといっても、判断しにくいという面が強いんですね。

要するに、文学的天才の、ある変わった自殺というとらえ方と、いわゆる天皇制うんぬんと結びついた政治的クーデターというとらえ方の両面から見られるところがあって、なかなか私にはうまく言い切れない。

〝残酷な死〟への傾斜

橋川　私は三島の「文化防衛論」の批評を書いたあと、彼の公開状をもらいました。そのうち返事を書きますというハガキを出したのがつい一、二ヵ月前です。それきりになってしまいました。しかし彼の「文化防衛論」における天皇論というのは、やはり、論理的には乱れている。さっきも言ったように、ちょっとおかしいという印象を受けたわけです。あの天皇というのは全く三島のイメージであって、歴史的でもなければ政治的でもない。いわゆる右翼の天皇論の系列にもはいらないんです。あれは三島独得の超越神であって、三島が自分の頭の中で作り上げたヴィジョンであり、むしろ彼個人の怨念と決意の投影としか考えられないようなものなんです。ところが、そのことを三島はあえて気にしないで、自分の持っている天皇イメージというものを一切の媒介抜きに貫いているわけですね。そこが非常に不思議なんです。しかも現に、現在の天皇に対して、簡単に言えば彼は批判の目を持っているんじゃないでしょうか。

松岡　そうらしいですね。最近の対談では、いまの、人間宣言をした天皇には反感を持っているということを語っているというんですが……。

橋川　ですから、彼の天皇というのは、結局、日本伝統文化の原理というものを言っているんで、幕末以来さまざまな変化をとげてきた天皇制の天皇という意味じゃない。要するに、民族文化の原理というものは何かということで通してあれば、まだわかりやすい。ところが、そこに限定抜きの天皇と軍隊という概念が出てくるんで、どうも彼の「文化防衛論」は、私にはわかりにくかったんです。

松岡　今度も、バルコニーで演説した最後に「天皇陛下万歳」と言っているんですね。その場合の天皇陛下というのは、いまおっしゃったような意味の天皇を意識していたんでしょうか。

橋川　私は結局、そうなると思いますよ。あれは、政治的天皇制とか、法的にとらえられた天皇というものではない。

松岡　さて、一番重大な問題であり、一番だれもわからないのは、いままでずっとお話をうかがってきて、三島のあの最後の事件の行動において、バルコニーでの演説までの段階まではいままでのお話でわかるんです。しかし、もう一つ飛越えた、あの死に方——切腹、介錯という、しかも、もう一人の道連れを作って死ぬというあの異常性。その強烈な意志をささえた本当の力というものは何なのだろうか。三島個人にその死の一線を飛越えさせたギリギリの力というのは何なのだろうか、ということです。

橋川　彼の『仮面の告白』なんかを見ましても、少年時代から彼はいわゆる残酷な場面に対する非常に強い傾斜があるんですね。いろんな自伝的な思い出なんかを見ましても、やはり、美しい若者がむごたらしい死に方をしているという場面を読むと、エロチックな興奮を感じるくらいに、そういうものに非常に強い傾斜を持っている。彼の心の中でたえず自分の死にざまということを想像する、そういう倒錯した熱望があったんじゃないかと思う。しかも、自分で自分の死にざまを映画なんかで、いわばモデル場面としてためしているわけですね。

そうなると、一種の異常心理というに近いはずなんですけれども、どうしても少年期への回帰というものがあるとすれば、そのころに見たさまざまな絵のように美しい残酷な死というものが、彼の中で一つの有機体のように徐々に凝集してきている。一見、日常的で市民的な彼の行動――非常に社交性のある、おもしろい、ほがらかな人物でしょう。その反面には、たえず、自分が同時に、もっとも残酷な死にざまをとげるんだという、一種のナルシシズムというか、選ばれたものの自負があって、彼のあの陽気な仮面をささえていたのではないか。そういう形で、彼は、何十年と何かに耐えてきたんじゃないかと思う。

死ぬにしても、さまざまな死に方があるはずなんですが、やはり、一番強かったのは残酷な死というイメージが、肉体的なもののように彼の中には結晶しておったんじゃないか。

そういうことは、少年期の心理学みたいなもので、ある程度は説明されるでしょうね。それからもう一つは、さっきからの神風連にしろ青年将校にしろ、吉田松陰にしろ、それぞれが残酷な死に方をしている。その残酷な死に方には一つの型があるわけですね。

死の跳躍台は何か

橋川　残酷な死に方の型として、神風連の場合も、非常に儀式的な一つの型を踏んだ自殺をとげている。青年将校の場合は銃殺という、これも一つの古典的な型ですね。しかも彼らの意思にそむいた、銃殺という、いかにもドラマチックな残酷な型、そういうものがある。彼自身としては、ありふれた自殺ということではなくて、何かそれこそ、日本の伝統芸術の中の歌舞伎とか、能とか、ああいうものに含まれているような残酷美みたいなものを踏まない死の型は考えられなかったんじゃないか。

松岡　確かに神風連の場合は、戦死したのが二十何人で、八十六人という多くの人が自決しています。残酷、悲惨のきわみです。しかしあの当時は、社会倫理とか、武士の死に方に対する教育とかで、切腹自殺ということがそれほど奇矯なものではないし、また、それほど大きな心理的抵抗ののちにやるというものでもなかった。二・二六の場合は、権力による銃殺ですから、いやも応もないものです。

しかし、三島由紀夫の場合は、いまおっしゃったような残酷趣味の極限の現われということが言われ、そこが彼の、人と違う天才的なところだといえばそれまでですけれども、切腹・介錯というそこまで踏込んでいった異常な覚悟、それは、少年時代の残酷美へのあこがれということでそこに踏切れるかどうか。それだけの強力な意志の力というか、そういうものを生んだ核の精神的エネルギーは何なのか。

一般的にいって、非常に異常な、あるいは壮烈な死に方を人間がする場合は、一つは宗教的な信仰にささえられたときです。三島の場合も、何かそういう宗教的なものが死への跳躍台になっていやしないかということがある。彼は仏教の輪廻・転生ということをしきりに言っておりますし、三年くらい前にインドに行っておるんですが、そのときに何か彼の精神状態に強烈な印象を残したものがあったんじゃなかろうか、という想像はあります。しかし、これは推測するに材料不足です。

橋川　そこいらは何とも言えませんね。私の感じでは、むしろ三島というのは普通の宗教的意識というものからは遠い人じゃないか、普通の信仰は持てない人で、彼自身が神に対して全面的に帰依するという傾向はないと思います。というより、神の不在から彼の文学は出発していると思うんで、なんらかの宗教的信念というものが今度のような死へやらせたとは考えにくいんです。

彼の直接の先輩に蓮田善明という人がおりますね。彼を戦前の文壇に発見してくれた人ですが、これがやはり戦争直後に異常な死に方をしています。上官を殺して、自分は現場でピストルで自殺しています。その蓮田善明なんかのイメージが彼にありますね。あるいは戦争中には古典的なモラルとして割腹して死ぬといういろんな事件があって、そういうものが三島の、まさに少年期の心の中にかなり深く残っていることは、私は想像できるんです。無意識の中に残っているような、そういうさまざまな怨念が、彼にああいう型を選ばせた。そういう感じがするんです。

特に蓮田善明が死んだときに、彼自身が追悼の詩を書いているんです。これはかなり暗示的だと思う。こういう詩です。

古代の雲を愛でし
君はその身に古代
を現じて雲隠れ玉
ひしに　われ近代
に遺されて空しく
靉靆の雲を慕ひ
その身は漠々たる
塵土に埋れんとす

つまり古代人の死に方を蓮田善明はやった。自分はむなしく近代に残されてほこりっぽい戦後社会に生きのびてしまったという、何か古代人的なものというか、原始的なものの発現というものに——それに対するあこがれみたいなものがかなり強かったんじゃないかと思います。

松岡　そういうものが、ある限界までの彼の行動をささえておったということはよくわかるんですよ。しかし、それを飛越えて、自分がそれを実行するということになると、別の要素が必要なんじゃなかろうか。そこでたとえば、そういうことを可能にするものとして、一つは宗教であるということを申上げたんですけれども、もう一つは恋愛ですね。エロス、セックスです。

三島的エロスの世界

松岡　恋愛、セックスが人間を狂気せしめる、どんな行動でもとらせるということは、古代も現代も変わりありません。最近の三島の対談の中に「美の極致はエロチシズムだ」という彼の言葉があるそうですが、そのエロチシズムとはどういう意味で言っているのかわかりません。ただあの最後の舞台で、森田必勝という二十五歳の青年を、自分と同じように切腹・介錯という死に方をさせているわけですね。あのときに、他の楯の会の青年が三人いたのですが、それらのものは死なせないで、なぜひとりの若者だけを選んで、死の道連れにしたのか。これは一種の「心中」じゃないのだろうか。

橋川　それはまあ考えられますが、そのことをいままでだれか言っておりましたかしら。いろんな解説とか評論とかで、そういうことを言っていますか。

松岡　作家の飯沢匡氏が、あの日の新聞に「要するに三島のセックスだ」ということをちょっと言っています。だからあの日、三島由紀夫は、非常に壮烈な死の舞台を演出しましたが、その舞台装置や演出を取去ってみると、そのもとになる核というものは、彼と森田必勝という若い男との心情の問題だという仮説が出てきはしないかと思うんです。

橋川　それは、一面の見方としてはちっともおかしくない考え方だと思いますね。ただそれ以上のことは、残念ながらなんとも言えないわけですね。それと、たとえばエロスといった場合には、そういう具体的な、一緒に死んだ青年との問題も考えられますが、もう一つは、やはりこの場合、天皇でしょうね。天皇というシンボルに関する一種のエロチシズムの挫折、崩壊。例はうまく思い浮かばないけれども、君主を擁護するという気持の中にはかなりエロチックな要素が含まれている。これは青年将校なんかの場合を見ても、ある程度言えるんじゃないか。つまり、文字どおりの天皇との一体化ということが、青年将校の一部にかつては信じられていたわけです。天皇との一種の合体ですね。これは精神的なものじゃない。どう言ったらいいか……そういう要素を暗示する現象がかなりあるわけなんです。

精神的に接近するんじゃなくて、天皇というものを一種の愛の対象として青年将校の一部は見ているわけです。それが二・二六の場合には裏切られる。だから逆にものすごい天皇へのにくしみが生まれてくる。そういう関係で考えることが、三島の場合もあるいはできるかもしれないですね。

つまり、彼の抱いている架空のエロスの対象というものが、具体的には天皇なんですが、その天皇の気持がわからなくなる。天皇の姿自身が三島の中でだんだん希薄になってくる。そういうときに引き起こされる一種の絶望感みたいなもの、そういうものとして見ることもできる。そこに一緒に死んだ青年がいた。それはいわばその場合の三島の緊急避難みたいなものです。そういうふうに考えることはできるんじゃないかと思う。

松岡　三島の死をあまりに現実的にとらえるのが、いいのかわるいのかわかりませんけれども、たとえば『禁色』ですか、あの辺から見ると、彼がナチスに傾斜していき、「わが友ヒットラー」ということになってくる必然性を読取る人もおります。ナチスというのは、ご承知のとおり、男と男の特殊な世界ですね。三島という人は非常に特殊な人だから、観念的なエロスでもああいう死に方ができる、三島だからできたんだといえばそれまでですけれども、どうも常識的な解釈では、何か具体的にそういうエロスの対象がない場合には、あれだけの思い切ったことはできないんじゃないか。

橋川　たえず繰返してそういう解釈が、三島論について出てくると思います。いろんな人が、いろんな、そういう解釈をするだろうと思いますけれども、特に彼におけるそういうエロチシズムの要素がどう作用したかということなんかは、心理学者なんかが大いに問題にして、今後いろんな議論が出るだろうと思いますけれども、私にはあまり関心ありませんね。三島にすれば、オレの作品をみんな読んでくれればわかるはずだよ、といいなすかもしれませんね。

松岡　彼のあの死に方が、文学者でない別の次元の人間の行動であるということでなしに、やはりああいう作品を書いた三島由紀夫と、どうしても結びつけて考えねばならないので、問題が厄介になります。

檄文の非文学性

橋川　三島が、四十いくつの無名の人物であったならば、この問題は比較的簡単なんだけれども、あいにく非常に膨大な文学作品を書いている。その作品については、まあ、何だかんだ言われながら、芸術的価値を認められているわけです。そこで困ってくるわけです。極端な場合には、三島の死にざまがごく単純な死であって、そこには深い意味はない。政治的な意味も思想的な意味もないということになると、あの芸術作品というのは一体何だったのか。彼が作ったあの膨大な作品群というのは人間にとって何なのか。

三島の死が無意味な死であるとすれば、三島の書いた作品は全部、一見傑作らしい装いを持っているけれども芸術的にはゼロなんだ、そういうものがある時期に現われただけにすぎないんで、これを問題にしたり、その芸術的価値について論議するということ自体がナンセンスなんではないか、彼自身は、要するに無名の、ある一人の人間として、ああいう異常な死に方をしただけで、三島文学というのは実はなかったんだという考え方をする人が出てくると思うんですよ。私なんかは、そういう考え方をする人が出てきても不思議じゃないし、むしろそのとき、かえって三島は生きかえるんじゃないかと思いますね。

松岡　しかし、現実の問題として、それですますわけにはいかんですね。

これは別のことになりますけれども、あの檄文、これは三島の最後の文章としては、どうもちょっとお粗末だとか、辞世の歌もちょっとひどいということがいわれています。私は、日本人のこういう辞世の歌というのは、ああいうパターンがあるんで、三島はわざとそれに似せて書いたんだということで解釈はつくと思うんです。

それからあの檄文も、自衛隊の兵隊に向かってやる演説の草稿、あるいは、ばらまくビラみたいなもんですね。だからむしろわざと調子を落として書いたんだという説明が一応つくと思うんですけれども、ここらへんはどうでしょう。

橋川　あれをまともに文章として、あるいは歌としてうんぬんということになると、少しナイーブすぎる、単純すぎるということは言えると思うんです。あれを幕末の志士の歌として、昔のこういう人の作品だと言っても通用しますね。あの調子の歌というのは幕末にはやったわけです。天誅組だって、山県有朋あたりだって作っているような歌ですね。ですから、あれは、非常に力を込めて、オレの生命をこの歌に託したというようなものじゃなくて、むしろ意識的にあのパターンをそのまま踏んだものとして、問題にしなくていいんじゃないかと思いますがね。そういうことを問題にするのは少しおかしいんですよ。

それから、私が「おやおや」と思ったのは、大分前に伊勢の神宮皇学館に行きましたとき、あそこで学生たちの作った歌というのがほとんど同じ型なんです。それは本居宣長の墓前祭で、みんなが歌を献詠するんですが、そのスタイルそっくりですよ。そういうものがあるんで、あまり気にしないであういう歌を作ったんだと思いますね。

しかし、そうでないとしたら、もしあそこに自分の文学的センスを打込んで作ったんだとしたら、一種の本卦返りみたいなもので、その意味じゃ彼の何かの衰えというものにはなると思います。あの日を選んだということは、どういうことなんでしょうかね。何かもう少しデータがほしいような気がするんです。クーデター計画が途中でうまくいかなかったから、とっさにやったということだとすれば、ただの「死に急ぎ」ですからね。

松岡　この日も、また以前からも、クーデターは考えていなかったようですね。その前から「もう自衛隊はダメだ。自分は、これと思う人間にクーデターの話をしたけれども、全然のってこない。自衛隊は腐っている」ということを二、三年前に言っていて、自衛隊に絶望しています。だから、クーデターということよりも、個人的な一つの結論を実行していったということのようですね。

橋川　そういう個人的なことだとすれば、檄文が、勢い天下に伝えるというような調子を持たないのは自然じゃないですか。それにしてもなんだか腹が立ちますね。

松岡英夫（まつおか・ひでお）一九一二年新潟生まれ。ジャーナリスト。毎日新聞入社後、政治部長、論説委員、編集局顧問を歴任。著書に『大久保一翁』等がある。二〇〇一年没。

同時代としての昭和

野口武彦
橋川文三

三島論の新しい展開

野口　この前アメリカから帰ったのが、一九七二年だったんですが、その直後に三島由紀夫について大学でしゃべりまして、それを本にするつもりでいたんですけれども、そのうちジョン・ネイスンの評伝（『三島由紀夫ある評伝』）の翻訳を始めちゃったものですから、つい投げ出して、まだやってないんですが、そのとき考えたのがいわゆる三島事件のあとに、それこそ雨後の筍みたいにいろんな三島論が出ましたね。生前タブーというか、公然とは触れられなかったことがいろいろ出てきて、まあその一つがホモセクシュアリティの問題だったと思うんです。いろんな本が出たけれども、そのひとつ暗黙の前提になっているのが、ホモセクシュアリティっていうのはなんかアブノーマルであるという、一種の倫理的な裁断がはじめからあって、そこから考えていくというのがありましたね。せっかくホモセクシュアリティを問題にしながら、それでひとつ肝腎なところをミスしちゃってる。その問題と天皇制の問題を結びつけていく論議があります。たしかにホモセクシュアルである人間が、そのために一種のいわゆる市民社会というものから疎隔された自分というものも意識して、それが一種の実存意識にまでなっていくと。天皇制と結びつくことが一種のまあ形而上的救済みたいな形で、非常にドラマティックに三島の内部で精神的に劇化されていくというのがあったと。それは非常に重要だと思うし、そこにホモセクシュアリティと天皇制とある内的な結びつきがあることは事実だと思うけれども、ホモセクシュアリティの暗黒面と天皇制の暗黒面、というふうに短絡させてしまうとこがあって、それがどうも非常に残念だったという気がするんですね。

それからもう一つは、これはそのとき解禁されたというんじゃないんですけども、ぼくの問題意識にあったのは、悲劇という問題なんです。ぼくは三島を呼ぶ場合にひとつのタイトルとして、「悲劇の夭折」というふうなことを考えてみたんですけれども……。

橋川　悲劇がものになっていないということですか。

野口　ええ。どういうことかというと、三島にとって自身が悲劇の主人公になるという、まあロマン的憧憬というか、そういうのもあったこともたしかだけれども、それ以前に現代の悲劇作者たらんとしたという志向のほうが強烈だったんじゃないかという気がするわけですね。だけど悲劇を書くということは、これは現代はミゼラブルな状況というのはどんどん大きく広がっていくけれども、それをトラジックなものとして描き切るってことがたいへん至難なわざであって、つまりたんにミゼラブルというのではなく、現実の悲劇的な状況というものがなければ悲劇というものは生まれえない。そこでいつの間にか手段の自己目的化というんですかね、自分自身が悲劇の主人公になるという、そういうふうに行ったんではないかと。それを名づけて彼の書かれうるべき悲劇の夭折、というふうに考えてみたんです。それが昭和の精神史とどう嚙み合うかわかりませんけれども、まあ、そんなところをひとつ。

橋川　それは三島論として、結論としての形は出なかったですか。

野口　そんなに簡単には出やしませんよ。

もう一つジョン・ネイスンの翻訳が出て、最近の回収事件も含めていろんな論議になっているんですけれども、原則的に言えることは、ジョン・ネイスンというのはアメリカ人ですから、遠慮なくいろいろ……。ともかくずけずけとやるわけでしょ。これは西欧の評伝の書き方として当り前なんですよ。ただ日本の場合にはある程度時間の距離がないとそういうことはやらない。いま漱石論争でも、結局は悪く言えば岡っ引きみたいな身辺調査をやって、それがある程度時間的な距離がたてば許容されるということだと思うんだけど、外国人が扱う場合、空間的な距離が時間的な距離のかわりをするという面があって、いろいろ問題が出てくるんだろうと思うんだけど、しかし三島由紀夫ってのはもうすでに日本人だけのものじゃないし、まさにその投じた意味において世界的な存在だというふうに言えるし、ましてや三島家だけのものではないんで、感情的にはわかるけれども、この評伝は出てよかったと思う。自分で翻訳したから言うわけじゃないですよ。そのあと佐伯彰一氏もいま伝記を書いてるようだし、奥野健男さんとか田中美代子さんの本も出るらしいから、まあ三島評伝ブームというか、そういうのがまたあると思うんですが、これは三島事件直後の非常に反射的な反応と違って、もうちょっと冷静に三島文学とその意味というものを考えていこうというものになると思いますね。

橋川　三島事件直後のいろんな評論といまの評論との違いっていうのは、もう少し言うとどうですか。

野口　まあ現物を見てないから、よくわからないんだけれども、どうなんでしょうかね。みんな三島文学論というよりも、三島評伝という形を、まあ田中美代子さんのはちょっと違いますけども、そこのところが何か違うような気がする。人間個人に興味をもっていくというような考え方じゃないですか。

橋川　二回目として、どうなんだろう、まだ出てくる可能性はあるかしら、三島論が。
野口　どうでしょうかね。
橋川　ぼくは、そろそろちゃんとしたものが出てもいいという感じをもってるんで、もう少し本質的なものが出てくるんじゃないかという、そんな期待か希望かをもってますけどね。

三島由紀夫と日本浪曼派

野口　ジョン・ネイスンの本を英文でお読みになったと思いますが、この前の『ユリイカ』(一九七五年十月号・特集＝日本浪曼派とはなにか)の川村二郎さんとの対談でも触れられてましたけど、率直なところ、どういう印象というか批評をおもちになったですか。
橋川　いや、あれはこの前の対談のときに、まあぼくが勝手にポイントになりそうだと思ったところを、読んだだけでね。だから、ちょっとはっきりしたこと言えないな、いま。
野口　たしかジョン・ネイスンの日本浪曼派への見方について発言されてましたね。
ぼくが翻訳した印象では、ジョン・ネイスンってのはたいへんな日本通で、彼の言語能力というのはこれは天才的で、なんて言うか、まさにべらんめえで喋ると言っても不思議じゃないというくらいの言語の能力があるんですけれども、それにしても対象が日本浪曼派になると、何かアプリオリにおぞましく、ぞっとするようなものだという発想をするわけですね。なるほどこれは面白いと思ったんだけども、これは外国人の日本浪曼派的なものに対する典型的な反応なのかなあ。

橋川　ネイスンだけじゃなくて、たとえばちょっと方向が違うけどもジャンセンさんなんかでも、浪曼派っていうんじゃないけども、柳田国男なんか、あんなのは右翼じゃないの、っていう調子でしょ。そういう感じが、まあ一般的にあるのかなと思ってるんですがね。

野口　最初の悲劇のことについて言えば、すっとこう読み返してみると、三島自身がそれを論理的に、非常に明晰に内面的な自画像みたいなのを書く能力があった作家だと思うんですが、『太陽と鉄』を読んでみると、これは彼自身、古林尚さんとの対談のなかではっきり認めてるわけだけれども、ニーチェの『悲劇の誕生』というのがたいへん好きだと、それからの影響ってことも否定してないんですが、『太陽と鉄』の論理と、『悲劇の誕生』というのは非常に近いものがあるように思う。ぼくはニーチェについてはあまりよく知らないんですけども、そのへんのところも今日は橋川さんに伺おうと思ってたんです。

橋川　それが、ぼくは正直言うと『太陽と鉄』ね、あの前後からほとんど読んでない。いずれ何か結論が出るという感じで、読んでないということなんです。むしろぼくはそれ以前、といったってどこまでかしら、ある時期の三島作品、それはたいへん興味をもって惹かれたんだけども、あとは読んでないというのは、ぼく流に言わせれば彼自身のロジックというか考えがずーっと、なんかある極端に絞られていく、それがどこへ行くのかぼくにもよくわからないんだけども、ただ、ぼくは三島が死ぬ以前に、このままだったら気違いになってしまうか、あるいは死んでしまうか、あるいはもう一つの何かの道があるかもしれないけれども……まさかああいうふうになるとは思っていなかった。だからその点では発言権ないということになるわけですよ。

野口　いや、ひとつぼくは三島のことで橋川さんに頭があがらないのは、いつだったかなあ、橋川さんのとこに最初に行ったのは一九六〇年ですよね。ちょうど安保闘争の最中で、五月と六月の間に、ほんの微妙な凪みたいな、わりと暇な時期があって、そのとき初めて行ったんですが、その翌年くらいかな、三島のことが話題になったときに、彼はいずれは自決するだろうというふうにおっしゃった。その自決っていうのは文字通り切腹死という意味じゃなくて、自分で責任をとるだろうという、もっと抽象的な意味だったんだけれども、それ、不思議に憶えてましたね。あの事件が起ったあと、なるほどこれは、橋川さんの予見力ってのは大したもんだと思って。

橋川　それはあんまり憶えがないな。しかし実際は三島についての全く第三者的な予想、予見というか、そういうものを一所懸命自分の頭でひねくってたかもしれない。

三島由紀夫の「悲劇」

野口　昭和精神史と悲劇というのが、うまく結びつくかどうかわかりませんけれども、ジョージ・スタイナーが『悲劇の終焉』(*The Death of Tragedy*)という本を書いて、そこで言っていることなんですけれども、悲劇というのは古代ギリシアでのみ一回的につくられたし、その後、西欧の文学のなかで二度とくり返されないものだというふうに考えるわけです。つまりキリスト教に悲劇というのはありえない、なぜならば復活があり救済があるから、それは悲劇の精神と相反するというわけです。ロマン主義の文学にはなおさらありえない。まあこれは説明する必要もないでしょうけれど。

そういうふうに考えていくと、まあ西欧文学の伝統は一応おくとして、日本文学の風土のなかで、悲劇というテーマに……つまりそういうことばに注目して三島の作品をはじめから読んでいくと、実にたくさん使っている。『盗賊』という若書きの最初の長篇小説がありますけれども、あのなかで「悲劇」ということばが頻繁に使われているし、そこにはまだ三島自身が悲劇ということばが何を意味するか、はっきり概念化してないと思うんですけども、もちろんそのなかには、いわゆる彼自身が浪曼的な死への憧れと呼んでるようなものが感覚的な成分として入ってきている。そういう形で悲劇というテーマに、いわば固定観念、イデー・フィックスみたいになっていってのめり込んでいくということは一体どうなのか。それ自体何か先天的な一種の悲劇性をもっている。といってしまうと語呂合せみたいになりますけど、じゃないかという気がする。彼の想念のなかでは、昭和史に限定して言えば、神兵隊事件、それから二・二六事件というのは悲劇の頂点として捉えられているわけでしょう。それは、三島流に言えば、非常に純粋度の高い悲劇というふうに規定されるわけですけれども、それらと結びつけられた三島の死は果していかなる意味で悲劇であったのかという問題ですね。

橋川　三島の作品を通して、野口さんのと違うかもしれないけど、ぼくも悲劇的なものというのを感じる。それは『盗賊』まで遡って言えば、たしかにそう言えばそうだという感じもするわけ。それから彼が死ぬ直前あたりに書いたいろんなものが、みんな同じような悲劇という結晶というか、そこに絞られておる、ということはわかる気がするんでね。ところが、それはまたそれとして、じゃあ三島が本当に彼の死というものを含めて悲劇の感じを与えるかというと、ぼくはちょっと確信がもてない。あれは悲劇以外のなにものでもないじゃないかと言えば、それはその通りで、評論家がそういう見方で通せるだろうという感じはわかるから、別にぼくは反論しない。しかし、本当に三島は悲劇の死を遂げたのかしら、というとよくわからない。ないしは、ちょっとおかしいよ、それは、という感じがするわけね。彼に悲劇性は感じないと言っていいんだな、ぼくは、それはちょっと留保したいと。

野口　一九七一年ですかね、たくさん出た三島論のなかで、さっきホモセクシュアリティのことを問題にしましたけど、山崎正夫さんの『三島由紀夫における男色と天皇制』という本が出てるんですよ。それから田坂昂さんの『三島由紀夫論』というのが一九七〇年、これはまだ三島が生きてるうちに出た本ですけども、そこで三島文学の核心にある美学というのが浪曼的な悲劇論的美学だというところから、非常に正確に図式化していると思うんですけど、ただ惜しむらくは、というと生意気だけど、三島が自分で言う悲劇という概念をそのまま使っている。当人が悲劇悲劇と言ってるから悲劇かというと、そうじゃなくて、もっと違った角度から見て、まさにそこに真の悲劇性が発見されるという筋合いのものだと思うんですけれども。つまり作家であれ、政治家であれ、市井の一市民であれ、生活のなかに悲劇的状況というのは起りうるわけでしょう。そういうレベルでの問題と、それから三島は作家だったわけなんで、悲劇を書くという問題と、それが何とも言えない複合状態にあるという、そのへんが問題だという気がする。

ぼくもある英文学の評論で読んでびっくりしたんですけども、紀元前二千年のエジプトの碑に、すぐれた作品というのはすでに過去の偉大な詩人が書いてしまっていて、今日のわれわれには何も書くことが残されていないと、象形文字を判読すると、そういうのが書かれているんですって。BC二千年にそれでしょう。ということはつまりそういう問題をあらゆる時代の作家っていうのは本当に才能があれば背負い込んで、ずっと来てるわけで、そのことがいちばん突き詰められて意識されるのが、浪曼主義だと思うんですけど、そういう問題を宿命的に作家として一方では抱え込み、また他方やむにやまれぬ悲劇的なものへの憧れを抱くというのは、たいへん不幸な状況じゃないかというふうに思います。

橋川　そういう発想から三島論をずっと構成しようとして……ちょっとうまく言えないけど、彼自身がどんなふうな作家として自分のことを考えようとも、つまりすでに予言され、すでに決った、そういうコースを、まあ確実にというか、いちばん正確らしく歩くだけだという、そういうことの証明になるだけかしら。

その問題と、それから少し広げると作家の問題じゃなくて、まあ市井の人間でもいいし、それから、ちょうどぼくたち五十代のやつが生きた時代、つまり昭和史という、まあこれはちょっと別なんだけども、昭和史の問題にも、まあ広げたほうが『ユリイカ』としてはいいと。（笑）

悲劇ということは、野口さんが言われる通りだと思う。ただニーチェの『悲劇の誕生』にたいへん彼が愛着をもつというのはどういうことですか。

野口　いくつかのことが言えると思うんですけども、同時代の非常にブヨブヨな楽天主義みたいなものがあるでしょ。それに対する猛烈な攻撃をニーチェがする。引用すると、「自分が無制限だと妄想している楽天主義の実が熟し、最下層までこういう文化によって充分に醱酵を遂げた社会が次第にブツブツ言いだし、猛烈な欲望に押されて社会自体が揺れだしても何の驚くことがあろう」と、そういう同時代の現実の卑小さに対して、人間というのはもっと本質的にグロテスクなものであって、そのグロテスクなものに耐えるために悲劇が必要だという、そういうのがニーチェのロジックだと思うんですけど、それは三島が「反革命宣言」とか「文化防衛論」でやっている猛烈な同時代批判と、まさに揆を一にするものじゃないかというふうに思うんですがね。

「文化防衛論」

橋川　それを言えば、「文化防衛論」批判が結局彼に対する最後の、ぼくとしてはそういう言い方をしたかったということでね。あとはぼくはほとんど問題が触れ合わなくなってきたという感じなんですよ。だからあんまり言うこともないという感じなんだけれども、「文化防衛論」のときには、萩原延寿がこれはおかしいよ、あんなもの彼がまともに書くわけないよ、ということを言ったわけ。で、ぼくは『中央公論』から「文化防衛論」批判を書けというんで、あれ本当に彼が落着いて書いたのかしらって聞いたのよ。落着いてって言うのはおかしいけどね。そうするともう、事実そうだってわけですよ。ぼくはちょっと困っちゃって、どういうふうに彼の真意をとったらいいんだろうな、という感じに巻き込まれちゃってね。だからああいう、ほとんど七分ぐらいまでは彼の言おうとしたことの解説で、そして、おかしいというのを三分ぐらいくっつけたというだけのものだったわけね。だから今でも「文化防衛論」てのは、その後何度も読み直したというわけじゃないんだけども、彼の本当に言いたいことがよく表現されたのかというと、ちょっとぼくは疑いをもつんでね。よくわからないんだ、そこは。

野口　それに対して三島が「橋川文三氏への公開状」（『中央公論』一九六八年十月号）というのを書いたわけですけれども、それについての反論は、橋川さん、別に書かれなかったけど、あの公開状に対してはどう思われたんですか。

橋川　何か書かなけりゃいけないかなと思ったんだけど、石川淳さんに会ったときに、「ああいう公開状に対して返事ってのは必ずすぐ書くのが普通ですか」というようなことを、ぼくはそういうこと知らないから聞いてみたら、「いや、ああいうのは相手が死んでからでもいいんだよ」っていう調子だったわけ（笑）。むかしの中国の何某という人の例をあげて、それはそれでいいんだ、なんてことはない、っていう調子でね。まあ三島ってことでは聞かなかったと思うけども、そういうふうに石川淳さんが言ったんで、そういうものか、じゃあいつか書けばいいっていう感じで、そのうちに何年かたっちゃって、三島のああいう事件が起ったわけね。

だから、たとえば野口さんは三島っていう人間がああやって終わったと、それでニーチェの『悲劇の誕生』を含めて、彼を正確に位置づけることができるかどうかわからんけど、それをやろうとしてるでしょう。

野口　ええ、ええ。

橋川　ぼくはちょっとそこが違うんでね。三島はああいうふうに、あとの死に方も、みんな、なんか捨て科白というか、言いっ放しにして彼は死んだ。だから、ぼくとしてはまだ彼は生きているような感じで、公開状の返事を書かんといかんな、という感じをもってる。彼は死んだことは死んだんだけども、まだ死んでないという感じがぼくにはあるんですよ。

野口　それはぜひ書いて頂きたいですね。

橋川　しかし、どういうふうに書くんだろうね。いまは亡き三島由紀夫に、という宛名もおかしいでしょう？

野口　三島は死んでないという話、ぼくは非常に賛成ですね。たとえば大江健三郎さんが『みずから我が涙をぬぐいたまう日』というのを書きましたね。あれはもう明らかに『奔馬』から触発されている。それから『同時代としての戦後』という戦後作家論があり、はじめから武田泰淳とか堀田善衛とかずーっと論じてきて、最後に三島でしょ。あそこになるととたんに批評でなくなる、ものすごく硬直するわけなんです。つまりそれだけ三島の、『奔馬』で自ら予言していた通りの死に方を三島がしたということに対してものすごい反応をして、ある意味で過剰反応なんだけれども、その過剰反応が大江さん特有の被害妄想的透視力みたいなもので、本質を捉えてると思うんですけどね。そういう意味で、生きてると思うんですよ、三島の影響力は。たとえば、丸山真男さんとか、加藤周一さんとか話をしてみると、三島のことになるととたんに非常な反応があるわけだな。どういうのかというと、三島の存在を神話化することが、まあこれ、昭和の精神史につながるかどうかわからないけれども、昭和十年後半のああいうものの、復活とは言わないけれども、そういう底流みたいなものにつながっていくんで、いま必要なのは非神話化の作業だと、その意味でジョン・ネイスンの本の翻訳というのは意味があるという、そういう文脈になっていくわけだけども。

橋川　つまり十年代の三島が復活したという……イメージとしてね。そういう捉え方と、それから三島は十年代ではなくて、戦後の人間でという……、それから戦後でもない、ある意味での別の存在だという考え方と、いろいろあると思うんです。だから加藤さんや丸山さんの場合は十年代をそっくり再現してるという感じじゃないかと思うけど、まあ、それはちょっと違うんじゃないかという気がする。

ただ、三島はそもそも戦争期に生まれ、それから戦後死んだ。しかし彼の、まあ悲劇ということばを使えば、そういう時代に生まれたときには悲劇はありえないので、彼はもっと違った時代に、たとえばそれこそ明治の十年代とか、あるいはもっと早い時代とか、そういう感じのほうが……。つまりあれを昭和十年代だ二十年代だ、という捉え方では、ぼくは捉えられないような感じがするんだけどね。

ジョン・ネイスンの三島論

橋川　ネイスンは結局どういうことを言ってるんですか？

野口　ネイスンは、文芸批評を犠牲にして伝記的なことの発掘に集中していったんで成功してると思うんですよ。全体の図式っていうのは割と単純で、極端にいえば一種の病理学現象だと。病理学的現象であるがゆえにひとつの時代、ひとつの社会、とくに日本文化のある総体にかかわるものを、まあ陰画的にというかな、そういう言葉づかいはジョンはしていないけれども、集中しているという、そういう発想だと思うんですね。翻訳というのは樹を見て森を見ないんで、正確な把握かどうかわかりませんけども。しかし、たしかにドストエフスキーじゃないけれども、「病者の光学」という有名なシェストフのことばがありますね、病理学的現象が、ある意味では非常に正確かつ尖鋭に状況を反映するということはあると思うんですけど、どうもそれだけかという気持はありますね。

橋川　あれは憶えてるかしら、鶴見俊輔が三島が死んだときに書いたやつ。

野口　それ読んでない、ぼくはあのときアメリカにいたから。

橋川　ちょっと正確じゃないんだけどね。それは三島の死はいまのアメリカの若い世代にそのままの形でおそらく復活するんじゃないか、という意味のことだったと思うんですよ。だけど、俊輔さんに聞くと、それはそれでいいんだけども、ちょっと違うんだ、ということを言ってましたけどね。ぼくは俊輔さんの三島の死の捉え方にたいへん興味があった。それは案外俊輔さんという人がまさに昭和の精神史のなかの三島への反応という感じでしたね。だから、俊輔さんは三島由紀夫そのままのスタイルをとるということはないと思うけど、こんなことを言ったら俊輔さんも危いんじゃないかっていう感じがしたぐらいです

よ。(笑)

野口 アメリカの若い世代に……というのはどういう意味なんでしょうね。

橋川 それは俊輔さんに聞くと、いや、それはそんな深い意味じゃなくて、アメリカのほうはとにかく南から地峡を越えてどんどん色の変った連中があがってくる、つまりそういう恐怖感があって、それが三島の一種の拒否反応っていうか、判断とどっかで結びつくんだと、そういう程度のことだと言ってたと思うんですがね。まあそういう解釈なら別に俊輔さんは危くないってことになるんだけどね。

野口 まあアメリカの若き世代の、それはどうも簡単には賛成しかねるけれども、ひとつ言えることは、三島っていうのは、いろんな意味での矛盾のかたまり、というか矛盾がセットになってて、そのセットがいくつもなかにあるという感じなんだけど、ひとつ最大の矛盾というべきなのは、外国にというか国際社会に対する感覚と、それからいわゆる美学的な超国家主義というか、ナショナリズムとの矛盾だと思うんですよ。ジョン・ネイスンがあの本のなかで三島のノーベル賞に対する執着みたいなものを相当遠慮なく書いてるけれども、ある程度はぼくは事実だと思うんだな、多少割引きはするにしてもね。

そういう国際社会に対する目の向け方というのは、それを表現する場合にどうしても文化的なレアクショネールというか、そういうものに自分をしていかざるをえないという、これはある意味では日本文学が抱え込んだ問題だと思うんですよ。つまり一億の民で文学的な自己表現力、表現方法というのを充分にもち発展させていながら、しかも一億以外にはまず読まれないという、三島の英訳にしたってせいぜい数千部でしょう。これだけの、ほとんど爆発力というに近い自己表現力をもっていて、ちっとも理解されにくい……言語の孤島であるがゆえに、そこに何とも言えないフラストレーションがあったんじゃないかと思うんだな。

橋川　それは彼のノーベル賞に対するひとつの……。

野口　まあノーベル賞は単なる結果というか現象的なことにすぎませんけどね。

橋川　それはしかし、一面そういう面があることだけじゃないのかしら。つまりノーベル賞があってもなくても、彼のような作品、そして死に方ね。それを選んだ、というふうにぼくは考えたい。

野口　ええ、そうなんです。

橋川　それはノーベル賞がある意味では刺激剤になったということは言えるかもしれないとは思うけどね。

野口　いや、そのノーベル賞というのは小さな問題ですけれども、ぼくの言いたいのはそういうことじゃなくって、つまり日本が、というと話が気宇壮大になりすぎるけど、日本文学が世界に対して一体何を提出するか、ということですよ。一九四九年の中国というのは、まあ今はともかく、毛沢東革命によって何かの意義を対世界的に与えたと思う。ベトナム戦争の勝利にしたってそうでしょう。かりにそれをまあ精神史的な価値とでもいうふうにすると。じゃあ、明治維新はともかく、そういう精神価値をもったと思うんですが、昭和の日本というのは一体何をしたかという、そういう焦燥感みたいなものが三島の内部にるつぼみたいにあったんじゃないかという気がする。つまりそこで、はじめにもちだした「悲劇」という概念と結びついてくるんですけども、なにごとかシリアスなものを、シリアスネスのゆえに日本人に、あるいは三島流に言えば日本民族に、見直させるというような価値の提出というようなことが三島のなかにあったんじゃないか。ヨーロッパなんか歩いてみると日本人てのはたいがいトヨタさんかホンダさんかと。ホンダではないノグチであると言ってもだめですね（笑）。そういうもんじゃなくて、何かを提出できると。そういうシリアスネスの感覚と、それから三島の考えていた悲劇的なものの概念というのは実際にはおんなじものじゃないかという。アリストテレス的な悲劇の概念ということじゃないんだけれども。そういうことはどうでしょうね。

橋川　なるほど、それは全部を理解するという意味じゃなくて、相当そういう見方は必要だし当ってるという感じはありますね。そういうふうになると、ひとつは三島という一個人だけではなくて、日本で自殺というか、あるいはそれに似た死に方ないしは生き方をした。そういう連中の系譜、それはまあ大体明治以降ということになりますね。そういうのをひとつ考えてみたい。

もうひとつは、さっきの「悲劇」というものを彼の死と結びつけるときに、悲劇という考え方が三島の場合には鮮明というか見事な形で彼のなかにかたまってくる。ということはしかし、さっきの明治以降の系譜のなかでどういうふうに言えるか。つまり、いや、そんなのはたくさん昔からあったと言えるのかどうか。

それからもうひとつ、これはもっと一般論になるけれども、たとえばたしかに中国というのがあった。とくにぼくが憶えてるのは、文化大革命のときに三島から石川淳から川端康成、それから安部公房、あの連中は全面的に批判をやった。あれがどういう意味をもつか、ということと、まあ、そんなことがだんだん出てくるというね。

しかし、そういう言い方であの三島の死の問題を解釈することは、ぼくはそれはそれでいいと思うけれども、つまりそんなドライな散文風な捉え方が……散文でいいんじゃないかという感じもするんだけども、はてな、それでいいのかな、それでちゃんと割切れるかな、という疑問も残る。それはさっきから言ってるようにホモセクシュアルの問題も絡んできますよね。しかし全部を押えてうまく説明できるかという。もう少し何かないですか。何かありそうだなっていう感じがするんだけれども。

野口 そのもう少し何か、に合ってるかどうかわかりませんけども、シリアスネスということを言わしていただけるなら、そういうものがとくに三島の戦後日本観では、シリアスネスを失った社会という考え方が根本的にあると思う。そういう状況がない限り真正の悲劇ってのは書くことができない。そういう状況が現実に生まれるためには自らがシリアスネスな存在にならなくちゃいけないという、そんなロジックがあったんじゃないかっていう気がするんですがね。

橋川 それはもう全くね。ぼくなんかは三島のあり方に、ほとんど全面的に賛成というか……共感の感じで彼のことをずっと見守ってきたわけですよ。それは何かというとさっきのことばで言えばシリアスな問題。ところがシリアスな問題を、ぼくに言わせればそんな意味においてシリアスだったのかという、それはちょっと意外で、裏切られたという感じ、裏切られたと言ったほうがむしろいいぐらいでね。そういうシリアスってのは、ぼくは愚直である、愚鈍である、って感じで、ちょっとからかったみたいなことがあるけども、そういうふうになってきましてね。

三島と吉田松陰

橋川　たとえばこういう問題があると思うんですよ。三島がどういう意味かわからないけど、陽明学から『葉隠』から吉田松陰から神風連から、まあたくさんの人たちをモデルとして挙げる。その一人の吉田松陰。これは大分前に杉浦明平さんや奈良本辰也さんと話したんだけども、たとえば杉浦明平さんは吉田松陰と三島とは同じくらいにシリアスだ、真面目すぎる。真面目すぎて、しかも何か肝心なものが抜けてる、というのは三島と吉田松陰とを同列に考えてるわけ。ぼくは違う。三島と吉田松陰とは何かが違うという感じなんだけどね。何が違うかというと、まさにそのシリアスネスが違うんだけども、ぼくは、三島のその段階になると本来のシリアスとは言えないという感じになる。吉田松陰のほうはぜんぜん率直にシリアスである、率直で実に問題がない、という感じになってしまう。明平さんは、全部同じだよ、あの二人は、という感じなの。

そういうふうな問題につながってくる。まあさっきの悲劇という問題でもいいんだけども、三島の場合はとくに表面に悲劇的なスタイルというか、悲劇そのものっていうか、それは自分のスタイルに近すぎるっていうか、あまりにも悲劇を看板にしてるという感がする。吉田松陰の場合は違う、それは全くもって悲劇という感じはない、しかし、さあ……という感じになるわけ。悲劇というのは、悲劇作家とか、あるいはそういうことを抜きにして悲劇的な人間というのがいる場合、その人間は別に悲劇じゃないでしょう。……悲劇的人間っていうのはどういうふうに言ったらいいのかな。

野口　うーん、それが大問題だと思うんだけど、つまり自ら悲劇の主人公たることを衒うというか気取るというか、それはぜんぜん違うんですね。そういうふうに考えれば、まあ英語にモック・ヒーローっていうことばがありますけれども、英雄もどきとでもいうのかな、そういうふうにならざるをえない。三島の場合、それをまた意識しすぎていたんじゃないかと思いますね。はっきり例の市ヶ谷事件はこれは愚行であり、物笑いの種になるだろうということを徹頭徹尾意識していた。そうすると逆にある種の痛ましさというか、そういう感覚がぼくのなかには出てくる。

橋川　それはぼくは賛成、認めるね。でも、それじゃない、本当の悲劇というか、そういう要素はどうなるの、三島の場合。

野口　それは非常に難しいことですけど、ひとつ言えることは、悲劇的状況というのは現実にいくらでも起りうることなんだけれども、悲劇っていうのは誰かが書かなきゃいけないってことじゃないですか。ぼくはどうもその点にひっかかる、というかそれが三島問題の焦点じゃないかっていう気がする。つまり太平洋戦争で大小さまざまの悲劇的事態っていうのが生じたと思うんです、加害者側として、また被害者側としてね。だけど、それを遠くから見ると、じゃあ太平洋戦争自体が何かそれが悲劇であったというのはセンチメンタリズムであって、トロイ戦争自体は単なる戦争にすぎないけれども、ギリシア悲劇というのは、これは世界最初の戦後文学ですよね。まあ実際にはペロポネソス戦争ですけど。

橋川　ほんとにそう思うよ。あれで悲劇というのは全部出来上ったという感じでね。

野口　それで、あとは誰がやろうとその物真似にしかならないという、ものすごく重いのを、さっき言ったけど才能がある作家であればあるほど背負い込まざるをえないと。しかし、それを書かなければならないという、そこに追い詰められていくってことが三島の場合起ったんじゃないでしょうかね。

悲劇は可能か

橋川　ちょっと脇道だけど『黄禍物語』に書いたことなんだけども、やっぱりクセルクセースとかダレイオスとかいうような人は、ぼくはとても好きなんだ、あれはアジア人だからというんじゃなくて、どうしても贔屓せざるをえないっていうね。なぜかっていうと、彼のことばを結局ヘロドトスが書いてるわけ。書いたんだけども、実際にそうだったというふうにぼくは思ってるわけね。だからペルシア人だけどもかれは偉い、実に劇的であるという感じがしてね。

しかし三島の書いたもの、それはたしかに悲劇的な要素のものは多いけども……。

野口「悲劇」という言葉をやたらに使います。『金閣寺』でも使うし、さっき言った『盗賊』はもとより、『禁色』でも使いますね。アポロ的な体軀をもった南悠一が海から現れてくると、そのまわりには悲劇的なものが漂うって、これはまあ三島独特のエロティックなコンノーテーションがあるわけだけれども。作家三島を論ずる場合には、そういう感覚性、それから切り離して論ずることはできないわけだけれども、しかし、それは単なるホモセクシュアリティから発した感覚的錯誤だと、つまり悲劇という概念のものすごく感覚的なエロティックな解釈だとも言い切れない面が、さっきから縷々言ってるようにあると思うんですがね。

だけども、果してじゃあ三島が、そういう意味でのシリアスリテラチュアとして悲劇を書くことに成功したかというと、どうもぼくはそうじゃないんじゃないかという気がするんですよ、ぼくは最初の三島論（『三島由紀夫の世界』）で、ロマン主義という概念でやっていったわけですけれども、さっきのスタイナーのことばに、ぼくはその限りでスタイナーを正しいと思うんだけど、ロマン主義文学というのは本質的に悲劇とは無縁であると、ただ悲劇の不可能性ということを意識するあまりに本質に迫ることができた、もしロマン主義文学の功罪を論ずるならば、三島の立場っていうのはずっとそれに一貫してるわけですね。三島が好んだことばによって、そういう本当の意味でのシリアスな問題にシリアスにかかわるということから、虚実皮膜を隔てるということでバランスを保ってきたと思うんですよ。実際にシリアスネスの世界に、三島の実生活ということは別として作品のなかに入っていこうとしたときにとんでもない蹉跌が起ってくる。それと三島が晩年に政治活動に接近していくように自分自身の論理に導かれていったということとつながってんじゃないかなっていう気がするんですけどね。

橋川　それと違うかもしれないんですけど、ぼくは、さっき言ったけども、彼がある理想像というか、それをめざしていたのはどういうことになるかしら。たくさんあったでしょう。神風連、それから二・二六事件。

野口　特攻隊、あれが最後ですね、歴史的に言えば。

橋川　彼の場合、なんであんなにモデルがたくさんいるのかと思うんだね。ちょっと皮肉な言い方だけど、そんな感じが、ぼくはどうしてもする。しかも、モデルにされた連中はみんなかなり多様な違いをもってるわけね。それを強引に三島は全部同じものとして自分の死途にひきこむ。なんか無理であるという感じがするわけ。もう少し素直な、彼が本当の悲劇的人間だか作家だか知らないけども、だとすれば、もっと端的にというか、素直にあるタイプを選んだのじゃないかという感じがして、たとえば陽明学なんかも彼は選ぶんだけど、あれなんかぼくはよくわからない。どういうことかしらと思ったり。それから『葉隠』、あれなんかたいへん彼は好きなわけでしょう。しかし『葉隠』とも違うという感じがせざるをえない。要するに三島の死というのはいろんなものをモデルとしてるけども、結局彼自身の死しかないわけでしょう。ぼくは、もし単に死ぬんだったら、あんなモデルは全部嘘であった、あるいは全部みんなを誘うための何かであったという形にすりゃいいのにと思う。ちょっと乱暴だけど、なんかそんな感じがするわけ。

『葉隠』・武士道・陽明学

野口　そのモデルということで言えば、最後の『豊饒の海』四部作があるでしょう。ぼくは非常に断言的にいえば、三島の死の秘密を解くっていうか、最終的な自己動機づけ、それをぼくがみるのは、最初の『春の雪』でもなく『奔馬』でもなく、最後の二つじゃないかという気がするんです。とくに第三部、第四部っていうのは批評家の間ではあんまり評判がよくない。なんか混乱してるとか、唯識論についての、物凄く非小説的な部分が出てくるとか。だけど、あのときぼくは三島のなかで、生きる意志と死への衝動とが、物凄いエネルギーでぶつかり合っていたんじゃないかという気がする。あれをもう少し精密に読んでみる必要があるんじゃないかと思うんですよ。で、そのとき四部作を読みながら思い出したのは、あれがなぜ四部作だったかということです。『鏡子の家』に四人出てきますね、行動家と芸術家と、見られる存在と、それからぼくはイロニー的人間と名づけたんだけども、自分の妻が姦通してもいささかも動揺しないほど人生から自分を精神的にデタッチした人間というのが。で結局、最後の四部作でもそれ以外のタイプっていうのはつくってない、つくれないんですね。巨人型作家というのはもうちょっといろんな雑多な人間というのを副人物としてじゃなくて、まあ分身という言葉があるけど、そういうふうに操るわけでしょう。三島の場合にはどうしてもその四つのタイプしか出てこない。それを吹っ切っていくためには、まさに泥をかぶらなきゃいけないわけですよ、大江がやってるみたいに。だけども、ぼくの表現で言えば、三島は泥をかぶるよりも血をかぶることのほうを選んじゃったと、そういうことも言えるんじゃないか。たしかに『葉隠』武士道にしてもやっぱり違いますね。違うっていうのは、三島が自己流に純粋化したというか、自分で蒸溜し直したというような感じで、陽明学にしたってそうだと思います。

橋川　だからみんなそうじゃないかっていう感じがしてね。まあ、いわば泥臭さがない、すべて見事に彼のロジックによって整理されたもので。だから結局彼はいわば一向に思想史を教えない、思想的個性も教えない、彼個人の個性という、それは教えるかもしれないけれども。

だからぼくはまあ陽明学から『葉隠』か、二・二六から全部そうだという感じがするんだけども、それはそれで一応わかったとしてかりにそれでいいとして、でも三島が最後に自分で自分の生命を決着つけるでしょう。ぼくははじめは三島にずいぶん、惚れたというんじゃなくて、やっとるなという感じだった。ところが、最後に自分で死んでしまう。なにかちょっと違うなという感じがしてね。結局そういう感じしかぼくは今のところない。それでは、どういう解決がありえたかというと、そこで行き詰まっちゃうんですがね、ぼくの場合は。

昭和史のなかの三島

橋川　ちょっと話が飛ぶけど、ぼくらの世代で、三島のような死に方はしないけれども、しかし自ら死ぬ人間は必ず出てくると思う。もう大体五十、六十前後でしょう。そうするといろんなことで別な形で死ぬということは出てくる。それはあると思う。それは三島と違った形で、これはもう作家じゃないし、しかし別の真剣さをもって死ぬかもしれないということは考えられるけれども、三島の死に方を、あれをひとつのモデルにしなさいと言われたってそうはいかない。みんなそれぞれ苦労が違うということは言えると思う。なぜそんなふうなことを考えるというと、これはやっぱり昭和ということでしょうね。昭和っていうのは大体もう早くおしまいにならないと困るんでね。三島は早くおしまいにしろということで死んだといってもいいと思う。で、彼のやり方というか、そいつをすべて善意にとれば、彼は新しい世界ね、そいつを予言しながら死んだというふうに言えばいいのかなと思うんだけど。
とにかく昭和五十一年は、ちょっとたちすぎたな、これ。
野口 日本の年号で最高記録でしょうね。明治精神史、大正精神史というのとどういう異った個体性があるんでしょう。
橋川 色川大吉さんが「私の昭和史」ということを言ったりしてるけども、色川さんの場合にはやっぱり、明治精神史でもかまわないしね。昭和史というのはちょっと言えないような感じがするんだけども、ただ三島の場合には明治とか大正を抜きにして、昭和ということに絞ってますね。
野口 自分の満年齢と昭和の年数がおなじだということをよく言ってましたね。

三島文学とエロティシズム

野口 三島に限らず、政治史も社会史も、いわんや文学史においてをやなんだけども、エロティシズムを底流にして解釈していくっていうのが多いでしょ、最近。三島の場合はとくに作家の資質としてそうだからということも言えるわけだけども、こういうのはいつ頃から始まったんですかね。

橋川　エロティシズムも戦後と戦前、それから明治時代なんかはだいぶん違うでしょう。

野口　なんていうかな、まあ戦後エロティシズムというのはわーっと出てきましたよね、明治、大正のことはぼくは文献的にしか知らないけども。しかし、それは何か社会史的なものが根底にあって、それでエロティシズムを解釈していくという考え方だったでしょ。だけど、今は逆にあらゆる問題の深層にエロティックなものが横たわっていて、で解釈するっていうふうになってるみたいです。

橋川　今はそうだとすれば、大正……明治の頃はちょっと違うかもしれない。しかし明治だってちょっと曖昧だけども、かなりの強いエロティシズムがあったと思いますね。それは野口さんのおっしゃるのは、たとえば三島なんかがひとつの大きな柱になって、ということですか。

野口　そうですね。つまり昭和精神史のなかで三島を考えるというテーマはそれで成立すると思うけれども、三島文学がもっているひとつの成分としてのエロティシズムというのを除外すると、どうもこれ駄目なんですよ。

橋川　そりゃそうですね。

野口　三島の場合とくにそれが強いということもいま言ったようにとるんだけれども、どのくらいの度合いでそういうのを考えていったらいいかということなんですよ。たとえば三島における天皇制の問題にしても。

橋川　三島の天皇制は、エロティシズムのまさにシンボルとして天皇が登場する反面、全く天皇は違った、なんか問題にならない存在としての側面というのとが二重になってるという感じがしないですか。

野口　そうですね。

橋川　たとえば二・二六の青年将校たちの『英霊の声』を開くときに、天皇はまさに白馬に乗った見事な君主というか、そういうシンボルとして登場する。しかし現実とは違う。あれは作品だから。だから彼の場合にはエロティシズムと逆に、まあそういうグロテスクなものというか、全く逆な醜悪なものというか、そういうものへの傾向もありはしないか。しかし彼はエロのかわりのグロを描けるんだったら、ああいう死に方にはならなかったとも思うんだけどね。グロはたしかにないかな、三島には。

野口　ぼくはグロテスクは感じないんだけども、西洋人の読み方はそうですね。いま橋川さんはエロティシズムとグロテスクというのを対立するようにおっしゃったけども、エロティシズムとグロテスクというのは地続きだと、とくに三島の場合それが顕著だという。

橋川　なるほどね。それはむこうの常識かもしれない、普通のとり方かもしれないね。

野口　それも人によりけりでしょうけどね。たとえばジョン・ネイスンなんかユダヤ系アメリカ人特有の、本当にぞっとするほどおぞましい死に方という感情をまずもつわけですよ。だけれども、そういうおぞましい死に方であるがゆえに、その背後に一体何があるのかというふうに考えていくわけでしょう。それで出自の問題から家庭での育ち方の問題から、というふうに一応合理づけていくわけですね。そういう伝記、つまり作家の私生活をいくら拡大していっても、それが直ちに文学史全体の問題、あるいはそれこそ昭和の精神史の問題とつながるとは限らないわけなんだけども、まあ三島のエロティシズムといっても、それは根本にあるのは、はっきり言ってホモセクシュアリティであって、それと天皇制というのは不思議な接点のもち方をしてるんじゃないんですか。

橋川　接点というか、エロティシズムとグロテスクと、それから天皇制というものはたしかに何か関係がある。それはまちがいないと思うんだけどね。普通にどういうふうに考えたらいいの、それ。

天皇制とホモセクシュアル

野口　日本の社会での、あるいは日本の歴史のなかでもと言っていいと思うんですが、ホモセクシュアリティっていうのは、実に奇妙なんですね。宗教的に全くタブーじゃないし、社会的排斥されるものじゃないし、これはアメリカ、ヨーロッパとは全く違うと思う。ヨーロッパではご承知のように非合法の存在であるし、いまアメリカではもちろん軍隊は駄目だし、政府機密に属するような仕事には触れさせないっていう、そこまでやる。ですからアメリカにはゲイ・リバティ・ムーブメントってのがあるんですよ、ホモセクシュアルに対する差別撤廃を叫ぶ。だから解放運動っていうのがあるんだけども、日本の場合にそういう形をとることは全くない。容認ということばは当らないけど黙認というのかな。そういう風土で事実たくさんの人口が存在している。いわばなしくずしに棲息してるわけですね。だけれども、それがなにか異常であって正常ではないという、そういう考え方がある。で、これを異常でも正常でもないんだという形で自己主張されることはないと言っていいでしょう。

三島の自意識の形成のしかたっていうのは、それが何か微妙にからんでると思う。

橋川 それはネイスンなんかの考え方にも何か入ってましたか。彼の出自とか育ちとかと関連して。

野口 ええ、家庭環境、とくに母親との関係がいかに彼のホモセクシュアリティを深層心理的に形づくったかという、そういう発想はありますね、たしかに。

橋川 それだけかしらね。しかし三島の場合、おふくろとの関係というのも、ある意味では普通の関係でしょう。彼の場合、少年時代からずーっと発展していくという、それはどういうことかなと思ってね。三島が普通の人とは違うとしても、なぜ彼の場合あんなに際立った形をとらざるをえないのか。それはどうなんですか。

野口　ともかく逆向きの、つまり普通の日本人だったら、ホモセクシュアリティ問題にもっている一種の鈍感さみたいなものが三島にはなかったと言えるんじゃないでしょうか。非常に鋭敏に自己の実存意識みたいなものにまで突き詰めていったということはあるんじゃないですか。

橋川　それと天皇制との関連というのはどういうのかな。

野口　これまでいわれていることでは、ホモセクシュアリティは、自分より強力な男性に支配されることを望むと。天皇制下における日本の赤子の精神ですか、それがそうであったというふうに短絡させていく考え方がありますね。それ以上の追究というのは、まだ誰もしてないんじゃないのかな。だけど、事実として、あらゆるホモセクシュアルが天皇崇拝家である。あるいは天皇制支持であるということは、全くないわけでしょう。

橋川　三島が天皇制論者というのは、ぼくはよくわからないんだけどね。三島については「天皇制」論者だと、括弧つけて言ってるけども、三島は天皇制論者じゃないんだっていうふうにぼくには思えてね。いわゆる天皇制論者とは違う、なぜかというと彼はホモセクシュアルだからという、ちょっとこれ矛盾しますけどね、そういう感じになる。

野口 たとえば大江健三郎が三島の右翼青年の、パロディというか、『セヴンティーン』、それから『政治少年死す』ですか。あれは直接には三島と関係ないけれども、一種怨念的な天皇制批判と、それからホモセクシュアリティというのを結びつける。なぜ結びつけるかというと、パロディにするために結びつけるわけです。そこに何か逆に意味が浮んでくるんじゃないかというような感じなんだけれど。

橋川さんがおっしゃった、三島は天皇制論者ではなかった、なぜならば彼はホモセクシュアルであったからだという、それが矛盾してるとおっしゃったのは、もうひとつよくわからないんですけど、どういうことですか。

橋川 ヨーロッパ、あるいはアメリカならアメリカの場合、ホモセクシュアルのロジックってのはずっと君主制とか、天皇制とかそれとたしかにつながりがある、ということは想像がつく。ところが日本の場合、たとえば三島の場合に彼のホモセクシュアルがそのまま天皇につながるかというと、ちょっと違うという気がして、じゃどこへつながるか、うまく言えないんだけど、まあ、彼の『仮面の告白』にあるような、ああいう系譜につながっていそうだな……。

野口 汚穢屋の青年ですか。

橋川　ええ、そういう感じがする。白馬に跨がった天皇というのにはうまくつながらないという感じがするわけね。

でも三島自身が個人としての天皇に何かの反応というのを示したことがあったかしら。

野口　全共闘とのディスカッションのなかで、かつて銀時計を頂いた天皇個人に対して、非常にパーソナルな愛着をもっているとは言ってますね。

橋川　あ、そうか。なるほどね。

野口　しかし一方では、天皇の位というのは定期的に社殿を建て替える伊勢神宮みたいなもので、パーソナルな存在そのものには意味がないという言い方もしている。

橋川　まあ三島の場合は普通の天皇制論というのと違うと思うけどね。三島が天皇制論という形で、これは彼の書いたものにもあるけれども、しかし、あれがそのまま天皇制論につながるとは思えないし、まあ「文化防衛論」批判を書いたときにもそういう点がわからんということを言ったんだけども。

そうすると、どうも彼の天皇というのは何か彼独自のものであって、あんまり通有性をもたないのではないかという感じにしかならないんでね。その程度でぼくは行き詰まっちゃうんですよ。

三島と天皇制

野口　たとえば彼の作品に描かれる二・二六事件ですけれども、まあ橋川さんはずっと磯部主計中尉なんかについて書かれていて、実際の二・二六事件について橋川さんがもっておられるイメージと、三島が文学のなかで造形してるものとは、本質的に違うというようにお考えになるわけでしょう。

橋川　ええ、三島の書いた二・二六事件はちょっと、ちがいますね。あれは括弧つきの別の装飾された事件であって、本当ではなさそうだという、そういう感じですがね。

野口　三島の書いているようなエロティックな文脈なんてものは……。

橋川　ぼくはちょっとわからない。それは感じられないと言っていいと思うけどね。あれはなんていったって、三島的な発想があまりにも拡大されて二・二六を覆ってしまったのだという感じなんですがね。やっぱり彼の場合は作品ですからね、あれは。だから、そのへんはどうかな、実際の青年将校たちはどういうふうにとっているか。たとえば末松太平さんなんかがどういうふうに考えておられるか、ぼくは聞いたことないんだけどね。

野口　あんなもんじゃなかった、と一言に。

橋川　という感じがしますね、ぼくも。

野口　『英霊の声』に書いた自家解説みたいな文章（「二・二六事件と私」）で、自分の根底を掘り下げていくと天皇制の岩盤にぶつかるという言い方をしてる。そういう言い方はそれなりに理解できますか。

橋川　ええ、それはわかると思いますね。岩盤にぶつかるということは、どうしたってそうならざるをえない。しかし岩盤にぶつかっていかにそいつを再構成するかというときにあんな美的なものじゃなさそうだという感じになるわけね。

野口　たとえば井上光晴さんにしても、大江さんもそうだし、小田実さんもそうだけど、まあいちがいに怨念的とは言えないけれども、天皇制に対する物凄い敵意があるわけでしょう。いろんな度合いとかいろんな質の違いがあると思うけど、ぼくの場合そんなこと言うとあれは天皇制論者だなんて言われるとかなわないんだけども。

橋川　いや、天皇制っていうのは、いろんな型があるんだから。

野口　ある程度、われわれの世代の感覚としてあるんじゃないかと思うんだけど、たとえばイギリスとかオランダとか、未だに王室をもってる国民がもってるような感覚、そういうものってのは入ってくる余地ないでしょうかね。天皇制の歴史的役割ってのが違うと言えばたしかにそうですけども。

橋川　それは、おそらく大体同じじゃないかしら、日本の天皇制も、大体モダン連中はそういう形でヨーロッパのものと同じようなものとして、明治時代から見てたんじゃないかと思いますがね。まあ井上光晴とか大江健三郎の場合は、二人ともそれぞれ体験は違うけれども、もっとなまな、しかも同じ天皇がずっと何十年も生きてるでしょう。そういうこともあるし、そりゃなんていったってとにかく絶対違う、あれは駄目だという感じだと思いますね。

ぼくは、ちょっと狭いけど両面わかるという感じ。ただまあ何らかのチャンスによってはわれわれの考える天皇という形で温存することも可能だし、場合によっては駄目なものは駄目ということもやれるというね。とにかく今の天皇制がそのままではダメという感じをぼくはもってますね。

野口　今の天皇個人ですか、今の天皇制……。

橋川　いや、今の天皇個人ですね、天皇制になると、またいろんなことが言えると思うんですよ。「天皇制」という牙をもったものじゃない天皇制がありうるということは、ぼくは考えることは考える。ただ、今、実際の必要はないという感じはしますがね。

三島の場合はしかし、ぼくがちょっと曖昧な形で言った天皇制のさまざまな形がありますが、あれとは違うと思う。三島の場合には、まあ危機の時代の日本人として、むしろ彼がバイタリティーをもって新しくつくり出そうとするような、そういう感じさえ伴うんで、今までのと違うと思うんですがね。

野口　まあ三島の考えていたのは西欧風の立憲君主制と違うものですね。そういう衣裳をまとったゆえに明治以降の天皇制というのは根本的な矛盾を抱え込んだ、というふうに書いてますけども。

橋川　あれはしかしどうなってたかな。ぼくへの反論のあれはよく憶えてないけどね。彼の反論というのは何回か読んだんだけれども、ぼくが印象に残っているのは、確かに橋川にやられたけれども、ちゃんとそういうことはよくわかってるんで、逆手をとってるんだと。しかし逆手というのがよくのみ込めなかった、どういう意味か。よくわからなかったな。

野口　栄誉大権の問題でしょう。うろ憶えですけれども、橋川さんの論理というのは、栄誉大権にいくら限定しようとしても、必ずそれは政治的なものに転化せざるをえないんで、それを予め切り離すということが現実に可能かどうかという、そういうあれだった。

橋川　そうね、彼は栄誉ということをさかんに言ってましたね。

野口　三島の返答というのが、いや、それは可能なんだという意味のことだったですね。

橋川　彼が考えた具体的な天皇制というのがもしあったとしたら、その場合には何に近くなるかしら、これは。栄誉というものがもし天皇制の本質だとすれば、やっぱり一種の貴族制みたいなものになっちまうような感じがしてね。しかし、ぼくは三島がどうしてもわからないのは、彼がさかんに高貴かつ貴重な、そういう存在ってものに人間が絞られている、ということを期待してるみたいだけども、ぼくは逆に三島の書いたものもすべて、あんな才能がこんなつまらないものしかできないとなったら、結局人間としては全部堕落してしまうというほうがまだ筋が通ってるじゃないかというね、ちょっと無茶苦茶だけど、そういう感じもするんですよね。

三島はファシストか

野口　マイネッケが『ドイツの悲劇』という本を書いてますね。そのなかでひとつの時代全体の渇望として一種の「形而上的欲求」ということばを使ってますけども、そういうのが澎湃として起ってくる時期があると。で現在の日本の印象というのは、表面的にはすべてこれ形而下的で、およそ裏腹なんですけど、しかしやがてそういうのが来るのをすべて予見したというふうには言えないでしょうかね。

橋川　三島が……？

野口　ええ、三島の場合にはそれといわゆる文化的天皇制というふうにイメージをつくっていくわけだけれども、それに賛同するかどうかは別として、むしろ大多数はまあいろいろ文句はあるでしょうけども、それにしてもいわゆる形而上的欲求そのものは起ってこざるをえない。そういうのを非常に鋭敏にキャッチしたとは言えないかということです。

橋川　もしそうだとすれば、全く日本の現状を支配した思想とは違った発想だったと思いますね、三島の場合は。それはしかし、日本の現実のなかにはまず見当らないとして、たとえば、ソビエトとか中国とか、そういうモデルが浮かんでこなければいけないはずですね。それはソビエトや中国が当ってるというんじゃなくてね。しかし、そういうふうにくると三島の場合、それはちょっと当ってるという気がするな。しかしですよ……。

野口　スマートすぎて軽薄だということですか。(笑)

橋川　それは確かに辻褄が合うとは思いますね。三島の最後の土壇場のっぴきならない悲鳴みたいな叫びはそういうことを訴えていた。それ以外にはとりようがないとは言えると思うけども、しかし現実には、たとえば中国はとりあげてなかったかしら。

野口　とりあげてないですね。

橋川　逆には南朝鮮、北朝鮮ね、南のほうはちょっとひどかったですね、やっぱり。とんでもない奴が出てきたという。北のほうはどんなだったかな。しかし中国もたしか、これは簡単だったけど、要するにファシストという感じだったと思いますね。それはしかし一時のちょっとした間違いであって、また訂正するということにでもなれば話は通じるわけですよね。しかし、どうかな、これは。

野口　ひとつ非常にアクロバティックなのは三島由紀夫をつかまえてファシストだという左翼的常套句があるでしょう。まあそれは別として、ちょっとハンドルを切り損えばファシズムに転化しかねないところで巧みにカーブを切っていくという発想でしょ。どうなんでしょう、三島の言ってることと言論の自由というのはうまく両立するんでしょうかね。

橋川　その前に、三島がファシストかどうかってやつね。これはいろんな注釈を加えなきゃいけないと思うけど、これはどうも違うという感じ。三島はそんな悪党ではないと。ぼくは以前三島論に書いた、あれにまだ拘泥しているわけじゃないけれども、ファシストじゃないという感じがするわけです。

その言論の自由ということでは、彼ははっきりしたそういう政治論議をやったかどうか知らないけども、ぼくはちょっと、その点は大まかですよ。彼はそうじゃないと。これは何かに書いたんですけども、言論ということについては、たしかぼくは彼がファシストと言えないということは、彼は言論の自由とかアナーキーにね、これは大変な評価、というよりもこれはとても主張しなきゃいけないという感じをもっている。だから、彼をファシストとは言えないと思う。

野口　まあ、あらゆる右翼的言辞を捉えて、はじからこれはファシズムだと規定していったらきりがないわけで、ファシズムの概念ほど多様で、また結論がないものもないわけでしょう。だけど、それは別として、先ほど橋川さんが、まあ吉田松陰とは違うとおっしゃったけれども、「反革命宣言」とか「文化防衛論」を見ると、吉田松陰はある意味じゃものすごいオプティミスティックですよね。自分の思想の現実適用可能性とか、そういうものについて。それと同じ程度にオプティミスティックだと言えないでしょうかね。三島の言ってること自体はファシズムとは違う、ぼくはそれに賛成なんですけども、実際に、まあこれは可能性として今後あるかどうかわからないけれども、それがプログラムみたいになっていった場合に、それに影響された人間が、三島の意図したものを超えて何かやってしまうということはないでしょうか。

橋川　それはありえますよ。それはもう必ずそうなる。だから三島はむしろ弟子をつくりたくなかったから、楯の会を解散しますね。事件の前に。あれなんかでもわりかしデリケートだと思うんですけどね。それから、とにかく彼はファシストらしい姿勢はまず示してない。だから彼は作品で、ヒトラーなんかを描いていますけど、ちょっと違うと思うんですよ。

でも、それと吉田松陰のどこが違うか。吉田松陰の場合は、逆にもし彼が生き残っていたら、彼はひょっとしたらファシスト的ではなくっても、言論抑圧なんかを本気でやったかもしれない。

野口　それはやりかねない。

橋川　しかし、現実的には多分不可能だったでしょうね。政治力なんかそんな強くもないから。三島の場合もそうだと思う。しかし、じゃあどこが違うかというと、そりゃまあ年も違いますからね。松陰は三十にもまだなってない、三島は四十五ですか。でも、たとえば杉浦明平さんだったら、もう三島も吉田松陰も全部同じにしちまうからね。ちょっと無理だと思うんだけど。

野口　昭和の精神史っていうのは、どういう概念的な内包があるかということはよくわからないんだけども、昭和の歴史がもっている独特の問題性っていうのがある、そのなかに三島を置いてみた場合に、ひとつの病理学的陰画として問題を全部背負うという、そういう見方がずっとあると思うんですね。現に今でも日々つくられていると思うけど。橋川さんの場合はそうではないんでしょう。陰画的存在だということではなくて。

橋川　陰画的というのはちょっとわからないけど、三島はちゃんとした人間だ、陽性の人間である、ただ、その陽性がやっぱりなんか若干の、どう言ったらいいのかな、まあ陰画的要素を感じる、というほどのことは言えるんだけどね。なんといっても彼の場合、あんなにも見事に精力的に元気よく生きたはずなのに、でも結局なんにも積極的に残すことになってないんじゃないかという――。

野口　それは作品によってですか、彼の自殺も含めた行為としてですか。

橋川　いや、作品までそうなっちまう。彼の自殺によって全部きれいに消えてしまう。しかし消えてしまうということは逆に残るということなのかもしれないね。

三島の歴史意識

――三島由紀夫を歴史意識というカテゴリーで切っていくとどうなるんですか。

橋川　三島自身は歴史ということはあんまり言ってないと思うけども、どうですかね。まあ歴史ということばじゃなくて、なんかほかの、さっきの「悲劇」とか、そういうことばにすり替えられていると思う。

野口　「日本文学小史」なんてのはどう思われますか、未完結に終りましたけれども。

橋川　ああいうのは読んでないの。ぼくは途中までだからね、三島については。三島があいう文学史とか、思想史っていうのはないけども、たとえば伝記とか、そういうのを書くと、確かにある種の歴史家たちが書くよりもはるかに巧い、スマートなものができると思うけどね、ぼくは。

――それは反歴史主義みたいなふうに捉えられていますね。

橋川　ええ。

野口　反歴史主義というのは反進歩史観とかそういうことですか。

橋川　非歴史かな。歴史とは違った別の次元で見てるんじゃないかな。

野口　「反革命宣言」でしたかね。自分は未来というものを信じない、ということをはっきり言ってるでしょう。全共闘との対談でもそれを繰返し言ってますけどね。そういうのはやっぱり反歴史主義的な考えですか。

橋川　そうなるんじゃないかしらね。しかし彼は本当に歴史意識とか歴史的関心があるほうじゃないと思うんだけどね、ぼくは。

野口　橋川さんの文章で、戦後二十年ですか、あれ、書かれたときはそのくらいだったと思うけど、それが一挙に空白になって、昭和の前半の歴史が卒然と蘇る、という文章をお書きになったでしょう。そういう形での、まあ一種の回帰になるでしょうか。それなんかは三島独特の歴史とは言えないでしょうか。

橋川　たしかにあの実感はそうね、あれは、実は三島がまだ学生時代にああいうふうに

『林房雄論』を書いて、そういうものが今ぱっと出てきたような感じがしたというふうに言ったんでね。それは確かに独特な別の歴史への蘇りでしょうね。昭和史ってのは結局自分が生きてきた歴史だから、それはちゃんと蘇ってると思うんです。でも、ほかのことになるとどうかしらと思ってね。

野口　二・二六事件が、だんだん三島の意識のなかでイメージがはっきりしてくるんですね。ちょうど写真をほら焼き付けるじゃない、白いところからじーっとこうくっきり映像が浮かびあがってくるみたいに。で『青の時代』なんかみると、ほとんど二・二六事件なんてのは単なる舞台背景で、その意味らしいものってのはぜんぜん出てこないですね。でも『仮面の告白』にも出てくるし、なんか小犬が、喪家の狗ですか、そういう比喩を使っているけれども、なんか大人たちの事件であって、自分が見捨てられて顧みられないっていう、そういうことってのはやっぱり橋川さんわかるわけですか。つまり二・二六事件の印象っていうのが、はじめから同じアクセントであるんじゃなくて、だんだんこう大きくなってくるという……。

橋川　それは当然だと思うんだけども、三島自身が、たとえば戦争が敗けたって何だってあんまり関心がなかった、それよりも妹が死んだほうが大きかったという、あれが変ってきますよね。彼の場合、二・二六事件だってあれと同じような変化をしたんじゃないかと思う。

野口武彦（のぐち・たけひこ）一九三七年東京生まれ。文芸評論家・神戸名誉大学教授。著書に『三島由紀夫の世界』『三島由紀夫と北一輝』『江戸の歴史家』など。二〇二四年没。

資料　橋川文三宛書簡

三島由紀夫

1　昭和三十九年六月十五日付

大森局区内（大田区）馬込東一丁目一三三三　三島由紀夫より

世田谷区世田谷三ノ二四三七植野様方　橋川文三様

前略

本日御高著「歴史と体験」を頂戴いたし、厚く御礼申上げます。すでに拝読したものもいくつかありますが、目次を見るより、これほど心を湧き立たせる魔力的作用を持つた御本は、最近その例を見ず、昭和史の鮮血の跡に咲く花の如き、鮮烈なる印象を与へられます。みんながよけて通つてきた問題に深く突入されて来た叛骨に敬意を表します。これからじつくり一頁一頁味読いたす所存です。

なほ申し遅れましたが、本日集英社の自選短篇集の見本を入手、改めて御解説を拝読、感謝の念に搏たれました。批評に於て、巨視的な視点と感覚的な視点は合致せねばならぬもので、御解説はそのみごとな合致の例ですが、このごろは、この二つの視点がとんでもない別方向へ突つ走つてゐる評論が多すぎます。さういふ評論は寝床に落ちてゐるモミガラのやうに背中を刺して、眠りを妨げます。

いつかお目にかかる好機を得たいものと存じます。入梅の折柄、御身御大切に

三島由紀夫

六月十五日

橋川文三様

二伸　葉隠が日本唯一の恋愛論とは正に御卓見と存じます。あの本には政治とエロスのすべての問題が含まれてゐますね。

2　昭和四十一年五月二十九日付

大田区南馬込4―32―8　三島由紀夫より
世田谷区上北沢一の413　橋川文三様

前略
此度は見事な伝記をお書きいただき、心から感謝いたしてをります。
むかし「鏡子の家」についてお書き下さつた時、自分は三島の文学自体には興味がなく、精神史的興味が主である、と述べられてゐたと記憶しますが、実はさういふアプローチのはうが、小生が文学に賭け、あるひは文学を利用してゐる（この二作用は同じことのやうに思はれます）態度の根底にあるものを、正確に見抜いてをられるといふ感を抱かされます。小生は長年文壇の「と見から見」批評や、ダンディズム批評や、社会派批評や、精神分析批評や、さういふものにツバを吐きかけてやりたい思ひで一杯でした。此度の御文章によつて、真の知己の言を得たうれしさで一杯です。（などと申すと又、インチキとお思ひでせうが、小生これで根は素直な人間のつもりです)。御一文中、Todesgemeinschaftについての部分から戦後の変貌にかけての御描写には、何か、同時代人の心理の奥底に漲るものの怖ろしさに触れました。

さて、此度の御調査で、拙宅の父が、全くの変り者で、いろ〳〵失礼な応待を申上げたのではないかと心配をしてをります。もし左様な事実がありましたら、伏して御海容の程を願ひ上げます。

御高著「日本浪曼派批判序説」及び「歴史と体験」は再読、三読、いろ〳〵影響を受けました。天皇制の顕教密教の問題、神風連の思想の正統性の問題など、深い示唆を受けました。いつかそんなあれこれのことについて、御教示をいただきたいと思つてをります。

では何卒御自愛御加養を祈上げます。

草々

三島由紀夫

五月廿九日

橋川文三様

解説　三島由紀夫と橋川文三の間

佐伯裕子

このたび、『日本浪曼派批判序説』の著者、橋川文三の『三島由紀夫論集成』(『三島由紀夫』と改題)が、深夜叢書社から刊行された。一九六〇年代から三島の蹶起、自裁にいたる時期に書かれた三島論を、一冊にまとめたものだ。

これらの文章が書かれてから三十年、そして橋川が鬼籍に入って、すでに十六年を経た。このところ、ふたたび三島由紀夫の名前を目にすることが多くなった中での『集成』である。

『日本浪曼派批判序説』で橋川は、第一等の文人戦犯者として排斥された保田与重郎を論じ、敗戦後の世の中の転換の仕方にひずみがあることを指摘した。とりわけ、同じ日本浪曼派に属した亀井勝一郎と保田を峻別して、戦後へするりと身をかわし得た亀井の常識的なロマン主義と、保田が見た激しく深い夢のちがいをいった。橋川はそのとき、日本浪曼派へ寄せる「批判」というより、「恍惚」とでもいいたい表情を見せていたように思う。

「戦争に負けたときの断絶感が、僕のなかでかなり大きな問題ですが、その断絶感は断絶感として、連続性はどこにあるのだろうということを、いちばん考えたくなる。その連続感というのは、なにも政治的な問題ばかりではなく、子供のときに大学芋という芋があって、その芋を食ってうまかったとか、……戦争体験と、戦争に負けたことと、いまと連続してなければ困る」という三島の言葉を引いて、橋川は、文学者としての三島より、戦中から敗戦、そして戦後を生きる青年としての、三島の精神の連続性を見ようとする。

三島が求める連続性とは、けっして「大学芋」に象徴される日常性の水準のものではなかった。三島の断絶感の焦点が、しだいに「人間天皇」に集中していくさまを、橋川はくり返し書いている。「神」であった天皇が、敗戦時に死ぬ道を選ばずに、人間天皇になった瞬間の、日本人の内部の衝撃をいうのである。それを橋川は、「死をではなく、生を宣告された者の絶望的な歓喜」であり、「いらい、日本人は、何か別の、ちがった種族に転化したかのようであった」と、自分の思いに重ねて記す。三島は、『英霊の声』で、天皇に死を迫ることによって、再び日本人の精神に連続性を取り戻そうとした、と。

読みすすめながら、私は、「大学芋」を思うことで生きられた生活者の方が、むしろ多かったに違いないと思った。戦争に負ければ、負けたなりの生活も続く。地上の生活は続いていくのである。だが、三島は、同時に橋川自身も、連続し、統一すべき何ものかを、激しく深く天空に希求していく。

たとえば、三島裁判についての言及もそうだろう。三島事件の政治的思想性を究明するまえに、具体的な罪状に分断され、生活の場に平板に解消された裁判そのもの、という指摘である。また、三島の自費で養われた「楯の会」は、三島自らが用意した「死すべき戦場」だったのではないか、という推測もされている。

そこに窺えるのは、万人が理解できるのでなければならない、という戦後の生活者の場で裁かれ、解消されていった事件と、戦前から戦後へと強引に連続性を持とうとした三島の異様さとの対比といっていい。

保田与重郎の「激しい夢」の毒性を批判し、三島の精神の連続性がもたらす危うさを指摘する橋川自身が、彼らの放つ波動のようなものに魅了されているのがわかる。読んでいる私も、なぜ「大学芋」では生きられなかったかと思いながら、心が衝き動かされる。そこにあるのは異様な「昂揚感」なのである。

それは、分断や解消へと至るのではなく、一つを求め、つなぎ、遡ろうとする激しい夢想力がもたらすものだ。神であった天皇を知らない者には、人間天皇への絶望もない。だとすれば、その昂揚感はどこを彷徨するのだろうか。

三島事件の先にあるものを、「空無」として暗示したこの三島論は、六〇年代にあってすでに今日を見透していた。

（さえき・ゆうこ　歌人）

〔「公明新聞」一九九九年四月六日〕

解題

太田和徳

本書は著者の三島由紀夫に関する論考、作品評、談話および対談を編成したものである。これまでに刊行された著者の単行本・著作集には、三島論に限って編集されたものはなく、本書は著者にとって初の三島由紀夫論集である。また、本書は日本ロマン派の内在的批判を行った『日本浪曼派批判序説』と相補うものである。

著者の三島論は、処女作「日本浪曼派批判序説」脱稿以前の一九五九年に書かれた「若い世代と戦後精神」に始まり、以後十七年間に発表された論考・作品評は十一篇、談話一篇、対談二篇を数える。その大半は一九六〇年代から七〇年の三島の自決に至る時期、つまり三島の政治的発言に対してイデオロギー的な批判もしくは追従がなされた時期に書かれたものであるが、これらの作品は著者が同時代の文学者・評論家と一線を画し、世代的共感を抱きつつ日本思想史の学識と文学的感受性と独自の文体によって、三島の精神への根源的な批評をつづけてきた軌跡を示すものである。

本書は長谷川泉・武田勝彦編『三島由紀夫事典』(明治書院、一九七六年)の「橋川文三」の項(高橋新太郎執筆)の一文——「世に三島論者は多いが、自裁に至る三島由紀夫の全行蔵を過不足なく後世に伝え得る情理と識見と文体の持ち主は、橋川を措いてはほかにないように思われる」に賛意を持って企画したものである。

本書の編集にあたり、全六章で構成し章ごとに発表年代順に作品を収録した。収録全十四篇のうち、単行本・著作集未収録作品は二篇、著作集未収録作品は対談を含め七篇あり、解題ではそれぞれに**、*を付した。

また、資料として三島由紀夫の橋川文三宛書簡二通を収録した。

美の論理と政治の論理——三島由紀夫「文化防衛論」に触れて　『中央公論』(中央公論社発行)一九六八年九月号に発表、『政治と文学の辺境』(冬樹社、一九七〇年十月刊)に初めて収める。『橋川文三著作集 1』(筑摩書房、一九八五年八月刊)に再録される。本論考は三島由紀夫「文化防衛論」(『中央公論』一九六八年七月号)に対する批判として執筆されたもので、同誌十月号には三島による反批判として「橋川文三氏への公開状」が掲載された。三島の「公開状」に対する返答は書かれなかった。なお、本論考中に『葉隠入門』の「推薦文めいたものを書いたことがある」とあり、調査したが発見することはできなかった。

天折者の禁欲――三島由紀夫について　『三島由紀夫自選集』（集英社、一九六四年七月刊）に発表、『増補　日本浪曼派批判序説』（未来社、一九六五年四月刊）に初めて収める。『橋川文三著作集　1』にも再録される。初出時には副題はなく、単行本収録のさいに付けられた。

三島由紀夫伝　『現代日本文学館』42「三島由紀夫」（文藝春秋、一九六六年八月刊）に発表、『現代知識人の条件』（徳間書店、一九六七年十一月刊）に初めて収める。『新版　現代知識人の条件』（弓立社、一九七四年十一月刊）にも収める。『橋川文三著作集　1』に再録される。

『現代知識人の条件』の「あとがき」（一九六七年十月八日の日付）には以下のような本論考に対する言及がある。

三島由紀夫伝は柳田国男伝とともに、私の書いた二つの小伝の一つである。文芸春秋社の好意でここに収録することになったが、この選択は編集者のイニシアティヴによる。私はここで、ノーベル賞候補三島由紀夫をではなく、一人の平凡な青年の戦中・戦後の精神史を描くという方法をとった。三島という人物は、あまりまわりから騒がない方が良いタイプの人間に思われるからである。しかし、それでも、井上光晴にお前のはふか読みだと叱られてしまった。因みに、私は三島と面識もなく、電話でその有名な「品の悪い笑い声」を聞いたこともないことを断っておきたい。そういうことを気にする人々がいくらかいるからである。

また『新版　現代知識人の条件』の「あとがき」（一九七四年九月二十二日の日付）にも以下のような言及がある。

旧版の「あとがき」に故三島由紀夫について短い言及があるが、その後若干の訂正が必要となった。二、三通の手紙の交換と、一回だけ電話がかかって来て話をしたということを追加しなければならない。しかしやはりそのときも、私は三島の哄笑を聞く機会にはついに恵まれなかった。非常に簡単な事務的な通話だったからである。そしてまた、ついに一度の面識もなかった。

＊

もう一つやはり三島由紀夫伝について補足しておきたいことは、私がそこで「三島はファシズムの魅力とその芸術上の危険とを、いかなる学者先生よりも深く洞察した作家である。ファシズムの下においては、三島の習得したあらゆる芸術＝技術が無用となることを、彼はほとんど死を賭して体験した一人であるかもしれない」と書いた点についてである。このあとがきでは多くは論じられない。ここではただ、そのように書いたことを、私は三島に対して正しかったと今も思うことだけを述べておきたい。そしてそれは認識の問題ではなく、むしろ人情の問題に属するとだけつけ加えておきたい。さぞまたわが友井上光晴は怒るかもしれないが。

中間者の眼＊　『三田文学』（三田文学会発行）一九六八年四月号に発表、『政治と文学の辺境』（冬樹社、一九七〇年十月刊）に初めて収める。初出誌の特集は「三島由紀夫」。単行本収録のさいに「三島由紀夫論――中間者の眼」と改題。本書に収録するにあたって、『文芸読本三島由紀夫』（河出書房新社、一九七五年八月刊）等その後の刊行された書籍に再録されたさい、表題を初出時のままとしていることを考慮し、それを表題とした。初出誌では文末に「(二・一〇)」とあり、擱筆日が一九六八年二月十日であることを示すと思われる。

『宴のあと』について――文芸時評（抄）＊＊　『図書新聞』（図書新聞社発行）一九六〇年

九月二十四日号に連載第二回目の「文芸時評」として発表、本書に初めて抄録する。「文芸時評」は同紙九月十七日号から十月一日号まで三回連載。本書収録にあたり表題を付けた。初出時の見出しは「性と政治との交渉――『宴のあと』の面白さ」であった。

『林房雄論』について＊　『日本読書新聞』（日本出版協会発行）一九六三年十月十四日号に発表、『現代知識人の条件』（徳間書店、一九六七年十一月刊）に初めて収める。『新版現代知識人の条件』にも収める。初出紙には「青春の原点への回帰――転向と右翼精神の独特な解析」の見出しが付けられている。単行本収録にあたって「三島由紀夫著『林房雄論』について」と改題されている。なお、三島の『林房雄論』は一九六三年九月新潮社より刊行されている。

主要作品解説＊　『現代日本文学館』42「三島由紀夫」（文藝春秋、一九六六年八月刊）に「三島由紀夫伝」とともに発表、『新版　現代知識人の条件』（弓立社、一九七四年十一月刊）に初めて収める。初出では「解説」となっている。同書「あとがき」によれば、「作品評があった方が面白い」という担当編集者宮下和夫の意見にしたがい、単行本収録時には「三島由紀夫伝」のあとに収められた。

若い世代と戦後精神　『東京新聞』一九五九年十一月十一日～十三日付夕刊に連載（三回連続）発表、『日本浪曼派批判序説』（未来社、一九六〇年二月刊）に初めて収める。『増

補　日本浪曼派批判序説』にも収める。『橋川文三著作集 4』(筑摩書房、一九八五年十一月刊)にも再録される。初出紙掲載時の副題は、(上)「三島由紀夫『鏡子の家』にみた感覚」、(中)「石原慎太郎と芳賀檀の奇妙な類似」、(下)「大江健三郎がもつ論理と図式」であった。

ネオ・ロマン派の精神と志向――ナショナリズムとどうかかわるか＊　『朝日ジャーナル』(朝日新聞社発行)一九六七年八月二十日号に発表、『現代知識人の条件』(徳間書店、一九六七年十一月刊)に初めて収める。『新版　現代知識人の条件』にも収める。

狂い死の思想＊＊　『朝日新聞』一九七〇年十一月二十六日付夕刊に談話として発表、本書に初めて収める。初出紙には「狂い死の思想　美学の完結とは思わぬ」と見出しが付けられているが、本書に収録するにあたり表題を「狂い死の思想」とした。

私の日本人論――清沢洌の「戦中日記」を読んで　『読売新聞』一九七〇年十二月一日付朝刊に発表、『橋川文三著作集 6』(筑摩書房、一九八六年一月刊)に初めて収める。初出紙の見出しは「過信も悲観も無用――戦争中の〝自己欺瞞〟は例外的」であった。清沢洌の戦中日記『暗黒日記』全三巻は橋川の編集により一九七一年三月と七三年三月に評論社より刊行された。

三島由紀夫の生と死＊　『別冊経済評論』(日本評論社発行)増刊号(一九七二年六月)に発

表、『歴史と思想』（未来社、一九七三年十月刊）に初めて収める。

三島由紀夫の死＊　『毎日新聞』一九七〇年十二月十一日～十三日、十五日～二十日、二十二日付朝刊に十回にわたり断続的に掲載、講演・対談集『時代と予見』（伝統と現代社、一九七五年一月刊）に初めて収める。初出は同紙編集局顧問松岡英夫による連載対談「この人と」の欄に掲載。単行本収録にあたり、以下のような付記が加えられた。

三島事件がおこったとき私は何も知らずに大学の研究室にいたが、おひるころからひっきりなしに電話がかかってきて感想を求められた。まさかというおどろきであったが、その夜おそくまで小川宏ショーの女性ディレクターに、翌朝の出席をねばられてことわるのに困りぬいたことがあった。ああいう場合のマスコミの執拗さというものは相当なものだと舌を巻いたものである。ところがこの対談ではあるギリのようなものを感じるところがあって、とうとう三島事件を論ずるようなハメになってしまった。気がすすまなかった当日の気分はよく覚えている。ギリというのは、対談相手の松岡さんを私の勤めている大学に講師として推薦するときに、私がその紹介者の一人であったという事情である。そのことは松岡さんはまだ御存知なかったが、私としてはそのてまえことわれなかったわけである。新聞にのってまもなく、むかしの大学の教え子S君から手紙が来て、時流にのって三島事件を論じたりするのは残念であるという批判をうけたことがある。そうじゃないんだがなと内心思ったが、そのままになったこともこの対談についての思い出の一つである。

同時代としての昭和＊『ユリイカ』（青土社発行）一九七六年十月号に掲載、対談集『歴史と精神』（勁草書房、一九七八年三月刊）に初めて収める。初出誌の特集は「三島由紀夫――傷つける美意識の系譜」。

橋川文三宛書簡（三島由紀夫）　橋川家に所蔵されている三島由紀夫の橋川文三宛書簡（封書）は全部で二通である。橋川が三島との間に「二、三通の手紙の交換」があったと書いていることを考慮すると、おそらく三島からの来信は本書収録のものがすべてでないかと思われる。三島事件直後の対談「三島由紀夫の死」（一九七〇年十二月）のなかで、橋川は「私は三島の『文化防衛論』の批評を書いたあと、彼の公開状をもらいました。そのうち返事を書きますというハガキを出したのがつい一、二ヵ月前です」と語っているが、事件直前のことであり、三島からの返信はなかったのではないかと推測される。

1 「昭和三十九年六月十五日付書簡」(封書・便箋二枚)

橋川からの『歴史と体験』の献本に対する礼状。『歴史と体験——近代日本精神史覚書』は、『日本浪曼派批判序説』につづく橋川の二冊目の著書として、一九六三年六月に春秋社より刊行されたものである。

三島が二伸で『葉隠』の解釈についてふれているのは、同書に「『葉隠』と『わだつみ』」(『思想の科学』一九五九年十一月号)が収録されているからである。橋川はそのなかで「もし日本に恋愛論と称すべきものがあるとすれば、『葉隠』などはほとんどその唯一のものではないかとさえ考えている。そこには恋に関する本当の哲学と思想がこもっていて、世間に多い恋愛心理の巧妙な解説とは類を異にしていると思う」と述べている。なお、三島は『葉隠入門』(カッパブックス、一九六七年九月刊)においても「恋愛についても『葉隠』は、橋川文三氏のいうように、日本の古典文学の中で唯一の理論的な恋愛論を展開した本といえるだろう」と橋川への賛意を記している。

「自選短篇集」とは『三島由紀夫自選集』(集英社、一九六四年七月刊)のことであり、「解説」は「夭折者の禁欲」をさす。

2「昭和四十一年五月二十九日付書簡」（封書・便箋二枚）
「三島由紀夫伝」執筆に対する礼状。「三島由紀夫伝」は一九六六年八月に文藝春秋より刊行された『現代日本文学館』42「三島由紀夫」収録に発表された。
「むかし『鏡子の家』についてお書き下さつた時……」とあるのは、「若い世代と戦後精神」（一九五九年十一月）のことであり、三島自身による「夭折者の禁欲」「三島由紀夫伝」の橋川への執筆依頼は、このエッセイをきっかけとしたものである。
「Todesgemeinschaft」は、マックス・ウェーバーの『宗教社会学論集』の大部分を占める「世界宗教の経済倫理」に挿入された「中間考察――宗教的現世拒否の段階と方向に関する理論」にあらわれる用語であり、橋川は「死の共同体」という訳語をあたえている。「死の共同体《トーデスゲマインシャフト》」は橋川の三島論における重要な用語のひとつであり、「夭折者の禁欲」「三島由紀夫伝」「中間者の眼」に見え、「三島由紀夫の生と死」では、ウェーバーの上記論文の引用・翻訳し、同様の意味で「死を誓った共同体（Gemeinschaft bis zum Tode)」を用いている。

〔付記〕
本書の刊行にあたり、著作権継承者である橋川純子氏と、『橋川文三著作集』解題執筆者である赤藤了勇氏にご協力いただきましたことを明記し感謝申し上げます。

〔中公文庫版への付記〕

『三島由紀夫論集成』（深夜叢書社）の文庫化にあたり、中公文庫の既刊、大岡昇平『小林秀雄』、江藤淳『石原慎太郎・大江健三郎』等に合わせて、書名を「三島由紀夫」に改め、解説を新たに収録し、解題の一部に加筆・修正を施した。

・本文中、明らかな誤植と考えられる箇所は訂正した。

・本文中、今日の人権意識に照らして不適切な語句や表現が見受けられるが、著者が故人であること、発表当時の時代背景と作品の文化的価値を考慮し、原文のままとした。

『三島由紀夫論集成』刊行後、以下の四氏による書評が掲載された。

富岡幸一郎「東京新聞」一九九九年二月二十八日付

佐伯裕子「公明新聞」一九九九年四月六日（本文庫版に解説として再録）

高橋順一「週刊読書人」一九九九年四月三十日号

塚本康彦『国文學　解釈と鑑賞』一九九九年八月号

資料として収載した三島由紀夫書簡二通は、その後『決定版三島由紀夫全集』第38巻

（新潮社、二〇〇四年三月刊）に再録された。この資料に関して松本健一「『三島由紀夫 剣と寒紅』裁判を批判する」（『文學界』二〇〇〇年九月号）に著作権者に無断で掲載したかのような記述があるが、これは松本氏の憶測に基づくもので事実に反することを明記しておきたい。

なお、二〇〇二年以降、編者の企画編集による橋川文三の著作は以下の三点が刊行されている。

『柳田国男論集成』解説・井口時男、作品社、二〇〇二年九月刊
『幕末明治人物誌』解説・渡辺京二、中公文庫、二〇一七年九月刊
『歴史と危機意識』解説・筒井清忠、中央公論新社、二〇二三年六月刊

橋川文三著／太田和徳編『三島由紀夫論集成』深夜叢書社、一九九八年十二月刊

中公文庫

三《み》島《しま》由《ゆ》紀《き》夫《お》

2024年9月25日　初版発行

著　者　橋《はし》川《かわ》文《ぶん》三《そう》

発行者　安部順一

発行所　中央公論新社

〒100-8152　東京都千代田区大手町1-7-1
電話　販売 03-5299-1730　編集 03-5299-1890
URL https://www.chuko.co.jp/

ＤＴＰ　ハンズ・ミケ
印　刷　三晃印刷
製　本　小泉製本

Published by CHUOKORON-SHINSHA, INC.
Printed in Japan　ISBN978-4-12-207562-7 C1195

各書目の下段の数字はISBNコードです。978－4－12が省略してあります。

中公文庫既刊より

ち-8-1
教科書名短篇 人間の情景
中央公論新社 編
司馬遼太郎、山本周五郎から遠藤周作、吉村昭まで。人間の生き様を描いた歴史・時代小説を中心に中学教科書から厳選。感涙の12篇。文庫オリジナル。
206246-7

ち-8-2
教科書名短篇 少年時代
中央公論新社 編
ヘッセ、永井龍男から山川方夫、三浦哲郎まで。少年期の苦く切ない記憶、淡い恋情を描いた佳篇を中学教科書から精選。珠玉の12篇。文庫オリジナル。
206247-4

ち-8-9
教科書名短篇 家族の時間
中央公論新社 編
幸田文、向田邦子から庄野潤三、井上ひさしまで。かけがえのない人と時を描いた感動の16篇。中学教科書から精選する好評シリーズ第三弾。文庫オリジナル。
207060-8

ち-8-10
教科書名短篇 科学随筆集
中央公論新社 編
寺田寅彦、中谷宇吉郎、湯川秀樹をはじめ、岡潔、矢野健太郎、福井謙一、日髙敏隆七名の名随筆を精選。国語教科書の名文で知る科学の基本。文庫オリジナル。
207112-4

ち-8-8
事件の予兆 文芸ミステリ短篇集
中央公論新社 編
大岡昇平、小沼丹から野坂昭如、田中小実昌まで。非ミステリ作家による知られざる上質なミステリ十編を一冊にした異色のアンソロジー。〈解説〉堀江敏幸
206923-7

ち-8-19
午後三時にビールを 酒場作品集
中央公論新社 編
酒友との語らい、行きつけの店、思い出の味……。銀座、浅草の老舗から新宿ゴールデン街、各地の名店まで酒場を舞台にしたエッセイ＆短篇アンソロジー。
207380-7

あ-18-5
内なる辺境／都市への回路
安部 公房
現代の異端の本質を考察した連作エッセイ「内なる辺境」、芸術観を率直に語った「都市への回路」。著者の創造の核心を知りうる好著の合本。写真多数。
206437-9

あ-20-3
天使が見たもの 少年小景集
阿部昭
短篇の名手による〈少年〉を主題としたオリジナル・アンソロジー。表題作ほか教科書の定番「あこがれ」「自転車」など全十四編。〈巻末エッセイ〉沢木耕太郎
206721-9

あ-20-4
新編 散文の基本
阿部昭
『短編小説礼讃』の著者による小説作法の書。「私の文章作法」「短篇小説論」に日本語論、自作解説等を増補した新編集版。巻末に荒川洋治との対談を収録。
207253-4

あ-96-1
昭和の名短篇
荒川洋治編
現代詩作家・荒川洋治が昭和・戦後期の名篇を厳選。志賀直哉、高見順から色川武大まで全十四篇を収録した戦後文学アンソロジーの決定版。文庫オリジナル。
207133-9

あ-96-2
文庫の読書
荒川洋治
文庫愛好歴六〇年の現代詩作家が、読んで書いた文庫をめぐるエッセイを自ら厳選。文庫オリジナル編集で贈る、文庫愛読者のための文庫案内全一〇〇冊。
207348-7

い-37-7
利休の死 戦国時代小説集
井上靖
桶狭間の戦い（一五六〇）から本能寺の変（八二）、利休の死（九一）まで戦国乱世の三十年を十一篇の短篇で描く、文庫オリジナル小説集。〈解説〉末國善己
207012-7

い-37-8
殺意 サスペンス小説集
井上靖
戦中戦後の混乱期を背景とした昭和サスペンスの至宝。表題作ほか、「傍観者」「雷雨」「ある偽作家の生涯」など全九篇。文庫オリジナル。〈解説〉米澤穂信
207242-8

い-38-3
珍品堂主人 増補新版
井伏鱒二
風変わりな品物を掘り出す骨董屋・珍品堂を中心に善意と奸計が織りなす人間模様を鮮やかに描く。関連エッセイを増補した決定版。〈巻末エッセイ〉白洲正子
206524-6

い-38-4
太宰治
井伏鱒二
師として友として太宰治と親しくつきあった井伏鱒二。二十年ちかくにわたる交遊の思い出や作品解説など太宰に関する文章を精選集成。〈あとがき〉小沼丹
206607-6

各書目の下段の数字はISBNコードです。978－4－12が省略してあります。

い-38-5
七つの街道
井伏　鱒二
篠山街道、久慈街道……。古き時代の面影を残す街道を歩いて、史実や文献を辿りつつ、その今昔を風趣豊かに描いた紀行文集。〈巻末エッセイ〉三浦哲郎
206648-9

う-37-2
ボロ家の春秋
梅崎　春生
直木賞受賞の表題作と「黒い花」をはじめ候補作全四篇に、小説をめぐる随筆を併録した文庫オリジナル作品集。〈巻末エッセイ〉野呂邦暢〈解説〉荻原魚雷
207075-2

う-37-3
カロや　愛猫作品集
梅崎　春生
吾輩はカロである――。「猫の話」「カロ三代」ほか飼い猫と家族とのドタバタを描いた小説・随筆を中心に編集した文庫オリジナル作品集。〈解説〉荻原魚雷
207196-4

え-3-2
戦後と私・神話の克服
江藤　淳
癒えることのない敗戦による喪失感を綴った表題作ほか「小林秀雄と私」など一連の「私」随想と代表的な文学論を収めるオリジナル作品集。〈解説〉平山周吉
206732-5

え-3-3
石原慎太郎・大江健三郎
江藤　淳
盟友・石原慎太郎と好敵手・大江健三郎をめぐる全評論とエッセイを一冊にした文庫オリジナル論集。稀代の批評家による戦後作家論の白眉。〈解説〉平山周吉
207063-9

お-2-12
大岡昇平　歴史小説集成
大岡　昇平
「挙兵」「吉村虎太郎」など長篇『天誅組』に連なる作品群ほか、「高杉晋作」「竜馬殺し」「将門記」など戦争小説としての歴史小説全10編。〈解説〉川村　湊
206352-5

お-2-13
レイテ戦記（一）
大岡　昇平
太平洋戦争の天王山・レイテ島での死闘を再現した戦記文学の金字塔。巻末に講演「『レイテ戦記』の意図」を付す。毎日芸術賞受賞。〈解説〉大江健三郎
206576-5

お-2-14
レイテ戦記（二）
大岡　昇平
リモン峠で戦った第一師団の歩兵は、日本の歴史自身と戦っていたのである――インタビュー「『レイテ戦記』を語る」を収録。〈解説〉加賀乙彦
206580-2

お-2-15
レイテ戦記（三）
大岡昇平
マッカーサー大将がレイテ戦終結を宣言後も、徹底抗戦を続ける日本軍。大西巨人との対談「戦争・文学・人間」を巻末に新収録。〈解説〉菅野昭正
206595-6

お-2-16
レイテ戦記（四）
大岡昇平
太平洋戦争最悪の戦場を鎮魂の祈りを込め描く著者渾身の巨篇。巻末に「連載後記」、エッセイ「『レイテ戦記』を直す」を新たに付す。〈解説〉加藤陽子
206610-6

お-2-17
小林秀雄
大岡昇平
親交五十五年、評論から追悼文まで「人生の教師」であった批評家の詩と真実を綴った全文集。巻末に小林との対談収録。文庫オリジナル。〈解説〉山城むつみ
206656-4

お-2-18
成城だより 付・作家の日記
大岡昇平
文学、映画、漫画……闊達に綴った日記文学。一九七九年十一月から八〇年十月まで。「作家の日記」を併録。全三巻。〈巻末付録〉小林信彦・三島由紀夫
206765-3

お-2-19
成城だよりⅡ
大岡昇平
六十五年を読書にすごせし、わが一生、本の終焉と共に終らんとす——。大いに読み、書く日々。一九八二年一月から十二月まで。〈巻末エッセイ〉保坂和志
206777-6

お-2-20
成城だよりⅢ
大岡昇平
とにかくひどい戦後四十年目だった——。防衛費一％枠撤廃、靖国参拝……戦後派作家の慷慨。一九八五年一月から十二月まで。全巻完結。〈解説〉金井美恵子
206788-2

く-2-2
浅草風土記
久保田万太郎
横町から横町へ、露地から露地へ。「雷門以北」「浅草の喰べもの」ほか、生粋の江戸っ子文人による詩趣豊かな浅草案内。〈巻末エッセイ〉戌井昭人
206433-1

く-29-1
漂流物・武蔵丸
車谷長吉
平林たい子賞、川端康成賞受賞の表題作二篇ほか短篇小説と講演「私の小説論」、随筆を併録した直木賞作家の文庫オリジナル選集。〈巻末エッセイ〉高橋順子
207094-3

各書目の下段の数字はISBNコードです。978-4-12が省略してあります。

こ-14-2
小林秀雄 江藤淳 全対話
小林秀雄
江藤淳
一九六一年の「美について」から七七年の大作『本居宣長』をめぐる対論まで全五回の対話と関連作品を網羅する。文庫オリジナル。〈解説〉平山周吉
206753-0

こ-14-3
人生について
小林秀雄
名講演「私の人生観」「信ずることと知ること」を中心に、ベルグソン論「感想」（第一回）ほか、著者の思索の軌跡を伝える随想集。〈解説〉水上 勉
206766-0

こ-14-4
戦争について
小林秀雄
小林秀雄はいかに戦争に処したのか。昭和十二年七月から二十年八月までの間に発表された社会時評を中心に年代順に収録。文庫オリジナル。〈解説〉平山周吉
207271-8

こ-62-2
私の作家評伝
小島信夫
彼らから受け継ぐべきものとは何か——近代日本文学の代表的な文豪十六人の作品と人生を、独自の批評眼で辿る評伝集。〈巻末鼎談〉柄谷行人・山崎正和
207494-1

さ-77-1
勝負師 将棋・囲碁作品集
坂口安吾
木村義雄、升田幸三、大山康晴、呉清源……、盤上の戦いに賭けた男たちを活写する。小説、観戦記、エッセイ、座談を初集成。〈巻末エッセイ〉沢木耕太郎
206574-1

さ-77-2
安吾探偵事件帖 事件と探偵小説
坂口安吾
「文壇随一の探偵小説通」が帝銀事件や下山事件など戦後の難事件を推理し、クリスティー、横溝正史ほか探偵小説を論じる。文庫オリジナル。〈解説〉川村 湊
207517-7

し-10-5
新編 特攻体験と戦後
島尾敏雄
吉田満
戦艦大和からの生還、震洋特攻隊隊長という極限の実体験とそれぞれの思いを二人の作家が語り合う。関連するエッセイを加えた新編増補版。〈解説〉加藤典洋
205984-9

た-43-2
詩人の旅 増補新版
田村隆一
荒地の詩人はウイスキーを道連れに各地に旅立った。北海道から沖縄まで十二の紀行と「ぼくのひとり旅論」を収める〈ニホン酔夢行〉。〈解説〉長谷川郁夫
206790-5

な-6-3
歌のわかれ・五勺の酒
中野重治
旧制四高生の青春を描く「歌のわかれ」、天皇感情を問うた「五勺の酒」に「村の家」などを収めた代表作選集。〈巻末エッセイ〉石井桃子・安岡章太郎ほか
207157-5

な-29-2
路上のジャズ
中上健次
一九六〇年代、新宿、ジャズ喫茶。エッセイを中心に詩、短篇小説までを全一冊にしたジャズと青春の日々をめぐる作品集。小野好恵によるインタビュー併録。
206270-2

な-73-1
麻布《あざぶ》襍記《ざっき》 附・自選荷風百句
永井荷風
東京・麻布の偏奇館で執筆した小説「雨瀟瀟」「雪解」、随筆「花火」「偏奇館漫録」等を収める抒情的散文集。初の文庫化。〈巻末エッセイ〉須賀敦子
206615-1

な-73-2
葛飾土産
永井荷風
石川淳が「戦後はただこの一篇」と評した表題作ほか、短篇・戯曲・随筆を収めた戦後最初の作品集。久保田万太郎の同名戯曲、石川淳「敗荷落日」を併録。
206715-8

な-73-3
鷗外先生 荷風随筆集
永井荷風
師・森鷗外、足繁く通った向島・浅草をめぐる文章と、自伝的作品を併せた文庫オリジナル編集。巻末に谷崎潤一郎、正宗白鳥の批評を付す。〈解説〉森まゆみ
206800-1

の-17-1
野呂邦暢ミステリ集成
野呂邦暢
「失踪者」「もうひとつの絵」「剃刀」など中短篇八編とエッセイを併せて年代順に収録。推理小説好きを自認した芥川賞作家のミステリ集。〈解説〉堀江敏幸
206979-4

ふ-22-4
編集者冥利の生活
古山高麗雄
安岡章太郎「悪い仲間」のモデル、『季刊藝術』の同人として知られた芥川賞作家の自伝的エッセイ&交友録。表題作ほか初収録作品多数。〈解説〉荻原魚雷
206630-4

や-1-2
安岡章太郎 戦争小説集成
安岡章太郎
軍隊生活の滑稽と悲惨を巧みに描いた長篇「遁走」ほか、短篇五編を含む文庫オリジナル作品集。巻末に開高健との対談「戦争文学と暴力をめぐって」を併録。
206596-3

各書目の下段の数字はISBNコードです。978－4－12が省略してあります。

や-1-4
私の濹東綺譚 増補新版
安岡章太郎
名作の舞台と戦争へと向かう時代を合わせて読み解く、昭和の迷宮への招待状。評論「水の流れ」を増補し、荷風『濹東綺譚』を全編収載。〈解説〉高橋昌男
206802-5

よ-5-8
汽車旅の酒
吉田健一
旅をこよなく愛する文士が美酒と美食を求めて、金沢へ、そして各地へ。ユーモアに満ち、ダンディズムが光る汽車旅エッセイを初集成。〈解説〉長谷川郁夫
206080-7

よ-5-9
わが人生処方
吉田健一
独特の人生観を綴った洒脱な文章から名篇「余生の文学」まで。大人の風格漂う人生と読書をめぐる随想集。吉田暁子・松浦寿輝対談を併録。文庫オリジナル。
206421-8

よ-5-10
舌鼓ところどころ／私の食物誌
吉田健一
グルマン吉田健一の名を広く知らしめた「舌鼓ところどころ」、全国各地の旨いものを紹介する「私の食物誌」。著者の二大食味随筆を一冊にした待望の決定版。
206409-6

よ-5-11
酒 談 義
吉田健一
少しばかり飲むというの程つまらないことはない――。飲み方から各種酒の味、思い出の酒場まで、ユーモラスに綴る究極の酒エッセイ集。文庫オリジナル。
206397-6

よ-5-12
父のこと
吉田健一
ワンマン宰相はワンマン親爺だったのか。長男である著者の吉田茂に関する全エッセイと父子対談「大磯清談」を併せた待望の一冊。吉田茂没後50年記念出版。
206453-9

よ-5-13
酒宴／残光 吉田健一短篇小説集成
吉田健一
翻訳、批評から小説へと自在に往還し独自の文学世界を築いた文士・吉田健一。その初期短篇小説集『酒宴』『残光』の全一七篇を収録。〈解説〉富士川義之
207194-0

よ-15-9
吉本隆明 江藤淳 全対話
吉本隆明
江藤淳
二大批評家による四半世紀にわたる全対話を収める。『文学と非文学の倫理』に吉本のインタビューを増補し改題した決定版。〈解説対談〉内田樹・高橋源一郎
206367-9

よ-15-10
親鸞の言葉
吉本隆明
名著『最後の親鸞』の著者による現代語訳で知る親鸞思想の核心。鮎川信夫、佐藤正英、中沢新一との対談を収録。文庫オリジナル。〈巻末エッセイ〉梅原　猛
206683-0

や-68-1
日本の民俗学
柳田國男
「方法としての民俗学」を浮き彫りにする文庫オリジナル論集。折口信夫との対談、ロングインタビュー「村の信仰」を併録した柳田学入門。〈解説〉佐藤健二
206749-3

お-41-5
古事記の研究
折口信夫
昭和九年と十年に行った講義「古事記の研究」（一・二）と「万葉人の生活」を収録。「古事記研究の初歩」と自身が呼ぶ講義の初文庫化。〈解説〉三浦佑之
206778-3

わ-11-4
和辻哲郎座談
和辻哲郎
学友・谷崎潤一郎のほか、志賀直哉、柳田國男、高坂正顕、幸田露伴ら多彩な顔ぶれと自在に語る。オリジナル編集による初座談集、全十篇。〈解説〉苅部　直
207010-3

マ-15-1
五つの証言
トーマス・マン
渡辺一夫
第二次大戦前夜、戦闘的ユマニスムの必要を説いたマンへの共感から生まれた渡辺による渾身の訳業。寛容論ほか渡辺の代表エッセイを併録。〈解説〉山城むつみ
206445-4

ウ-9-1
政治の本質
マックス・ヴェーバー
カール・シュミット
清水幾太郎訳
ヴェーバー「職業としての政治」とシュミット「政治的なるものの概念」。この二十世紀政治学の正典を合わせた歴史的な訳書。巻末に清水の関連論考を付す。
206470-6

ウ-10-1
精神の政治学
ポール・ヴァレリー
吉田健一訳
表題作ほか「知性に就て」「地中海の感興」「レオナルドと哲学者達」の全四篇を収める。巻末に吉田健一の単行本未収録エッセイを併録。〈解説〉四方田犬彦
206505-5

エ-6-1
荒地／文化の定義のための覚書
T・S・エリオット
深瀬基寛訳
第一次大戦後のヨーロッパの精神的混迷を背景とした長篇詩「荒地」と鋭利な文化論を合わせた決定版。巻末に深瀬基寛による概説を併録。〈解説〉阿部公彦
206578-9

各書目の下段の数字はISBNコードです。978-4-12が省略してあります。

は-73-1
幕末明治人物誌 橋川文三
吉田松陰、西郷隆盛から乃木希典、岡倉天心まで。歴史に翻弄された敗者たちへの想像力に満ちた出色の人物論集。文庫オリジナル。〈解説〉渡辺京二
206457-7

み-9-15
文章読本 新装版 三島由紀夫
あらゆる様式の文章・技巧の面白さ美しさを、該博な知識と豊富な実例と実作の経験から詳細に解明した万人必読の書。人名・作品名索引付。〈解説〉野口武彦
206860-5

み-9-11
小説読本 三島由紀夫
作家を志す人々のために「小説とは何か」を解き明かし、自ら実践する小説作法を披瀝する、三島由紀夫による小説指南の書。〈解説〉平野啓一郎
206302-0

み-9-12
古典文学読本 三島由紀夫
「日本文学小史」をはじめ、独自の美意識によって古今集や能、葉隠まで古典の魅力を綴った秀抜なエッセイを初集成。文庫オリジナル。〈解説〉富岡幸一郎
206323-5

み-9-13
戦後日記 三島由紀夫
「小説家の休暇」「裸体と衣裳」ほか、昭和二十三年から四十二年の間日記形式で発表されたエッセイを年代順に収録。三島による戦後史のドキュメント。
206726-4

み-9-14
太陽と鉄・私の遍歴時代 三島由紀夫
三島文学の本質を明かす自伝的作品二編に、自死直前のロングインタビュー「三島由紀夫最後の言葉」(聞き手・古林尚)を併録した決定版。〈解説〉佐伯彰一
206823-0

み-9-16
谷崎潤一郎・川端康成 三島由紀夫
世界的な二大文豪を三島由紀夫はどう読んだのか。両者をめぐる批評・随筆を初集成した谷崎・川端文学への最良の入門書。文庫オリジナル。〈解説〉梶尾文武
206885-8

み-9-17
三島由紀夫 石原慎太郎 全対話 三島由紀夫 石原慎太郎
一九五六年の「新人の季節」から六九年の「守るべきものの価値」まで初収録三編を含む全九編。七〇年の士道をめぐる論争、石原のインタビューを併録する。
206912-1